Paul Katsitis

AF221825

Mykonos Crime ©

Die Engel der Finsternis

Zuletzt erschienen in dieser Reihe (Deutsch/Griechisch)

Frühere Bände: siehe hinterer Buchteil

Paul Katsitis

Mykonos Crime© 28

Die Engel der Finsternis

Die handelnden Personen sind reine Fiktion – mit Ausnahme der Figur Angelos Nikakis, der aber nicht Kommissar auf Mykonos ist.
Fiktion ist auch die Handlung – mit Ausnahme historischer Passagen über Mykonos und aktuellen Vorgängen auf der Insel.

Impressum
Titel: istockphoto
Innenteil Shutterstock, Istockphoto
Copyright Paul Katsitis 2021: **Der Inhalt als auch Buch- und Reihentitel sowie der Autorenname sind urheberrechtlich geschützt oder unterliegen dem Titelschutz. Jedwede Verwendung ist strafbar.**

ISBN 9783755717355
Herstellung und Verlag:
BoD – Books on Demand, Norderstedt

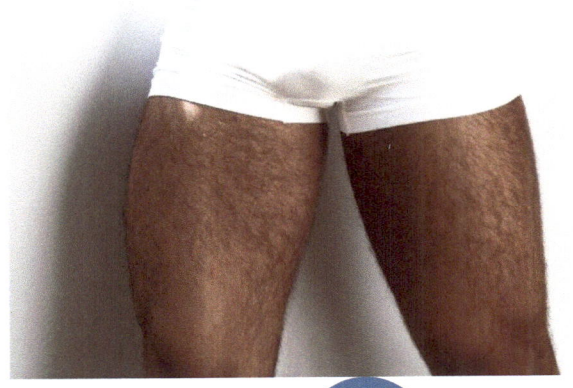

Angelos Nikakis, 31, ist nicht nur der Hauptkommissar auf Mykonos, sondern auch Bürgermeister der Insel. Sein erster Mann, **Alex,** starb.

Sein Ehemann ist ein Kollege:
Yariv Nikakis, 28, ursprünglich Kommissar in Athen. Beide trafen sich im Rahmen von Ermittlungen und verliebten sich ineinander. Da Yariv nur 1,75 m groß ist, ergab sich sein Spitzname von allein: Kleiner. Sein Hobby: Malen.

Abu Bakar, 38, beherrscht den Drogenhandel in der Ägäis. daher waren er und Kommissar Angelos Nikakis per se Feinde. Doch dann schließen die beiden ein Friedensabkommen der besonderen Art – und wurden Freunde.

Gabriel Markarov, 35, ist Angelos´ rechte Hand im Rathaus. Er sitzt seit einem Schusswechsel im Rollstuhl. Da die Kugel eigentlich Angelos galt und sich Gabriel in die Schussbahn warf, fühlte sich Angelos verpflichtet, ihm zu helfen.

Maria Karnezis, 29, ist Leiterin der „normalen" Polizeistation (Dimotiki Astinomia).

Alexandros Mantzaris, 67, ist Amtsrichter auf Mykonos.

Antonis Migiakis, 55, ist griechischer Premierminister.

In Kalo Livadi wird gerade ein Resort mit Seilbahn gebaut. Teile des Sessellifts stehen bereits. Im August fast am Strand von Kalo Livadi eine große Demonstration statt, die sich gegen die weitere Zersiedlung richtete. An der Spitze stand der Bürgermeister von Mykonos.

Am folgenden Tag wurde der Bürgermeister im Rathaus verhaftet – wegen mutmaßlicher Rechtsbeugung. Hinter der Verhaftung steckte wohl die Zentralregierung in Athen, die – aus welchen Gründen auch immer ☺ – die Hotelbetreiber unterstützt.

Und der nächste Ärger ist schon vorprogrammiert: auf Delos soll ein „Museumspark" mit mehreren Gebäuden entstehen.

(Näheres unter mykonosdaily.gr)

1

Jerusalem, Kaplan Street

Jawoll, Herr Präsident. Ich habe verstanden!" Premierminister Eliad Cohen knallte den Hörer auf die Gabel.

„Was bildet sich dieser Tattergreis ein!"

„Was will er denn?", fragte Ariel Liebermann, der Außenminister.

„Er will, dass wir die Friedensverhandlungen mit den Palästinensern wieder aufnehmen. Ist das zu glauben?"

„Du brauchst dich nicht zu wundern. Du hast dem Vorgänger die Stiefel geleckt. Ich habe damals gewarnt! Das ist die Retourkutsche des Nachfolgers."

„Es war im Interesse unseres Landes. Er hat viel für uns getan", sagte Cohen.

Liebermann lachte.

„Bullshit. Er hat in Jerusalem ein Schild ausgetauscht. Statt ‚Konsulat' steht da jetzt ‚Botschaft' – das Personal sitzt aber weiter in Tel Aviv. Und gegen den Iran hat er auch nichts unternommen. Ein paar Sanktionen. Lachhaft!"

„Über was soll ich mit den Palästinensern denn reden? Wir geben nichts her. Basta. Außerdem: mit wem verhandeln wir denn? Mit der Fatah in Ramallah oder der Hamas in Gaza?"

„Genau das ist unser Vorteil. Wir werfen ein paar Nebelkerzen, spielen die beiden Fraktionen gegeneinander aus und am Schluss werden alle sehen, dass eine Übereinkunft nicht möglich ist. Dann ist Washington zufrieden und wir fein raus! Also bleib locker!"

Der Premierminister war aber alles andere als entspannt.

„Na gut. Dann stellen wir ein Team zusammen. Aber schön langsam. Ich habe keine Eile!"

„Gut. Aber unter keinen Umständen wieder in Oslo oder sonst einem kalten Loch. Ich denke, im April sind wir soweit. Dann könnte man auch in südliche

Gefilde. Das hätte auch den Charme, dass wir näher dran sind und nicht eine Ewigkeit im Flieger sitzen", sagte Liebermann.

„Wie wäre es mit Griechenland? Die haben sich schon öfters als Vermittler angeboten. Ich werde Migiakis anrufen und ihn daran erinnern!"

„Neunzig Minuten Flug, am besten auf einer Insel, die man gut sichern kann!"

„Soll Athen entscheiden", knurrte Cohen.

„Außerdem weiß ich gar nicht, warum du dich so aufregst. Zu Beginn der Verhandlungen im April bist du ohnehin kein Premierminister mehr!"

„BITTE? Wie kommst du denn darauf?"

„Ach. Habe ich das noch nicht erwähnt? Meine Partei verlässt mit sofortiger Wirkung die Regierung. Nächster Premierminister werde ICH!"

2

Mykonos, Rathaus

Giannis Katronius grinste siegessicher. Es stand die jährliche Auseinandersetzung im Rathaus von Mykonos an. Sein Gegner, Bürgermeister und Kommissar Angelos Nikakis, würde sein Anliegen wie immer ablehnen, ein Bußgeld verhängen und dann würde er, Katronius, den Scheck auf den Schreibtisch werfen.

Und so begann das Gespräch im Rathaus mit den traditionellen Worten: „Kommt nicht infrage!"

Giannis Katronius gehörte das „Nammos", einer der bekanntesten Beachclubs der Insel. Und zu dem jährlichen Programm gehörte im August ein großes Konzert mit Antonis Remos.

„Kein Mensch mit Hirn erträgt das Gejaule von Remos und diesen unseligen Laikas", knurrte Angelos.

„Nun, die Karten sind jedes Jahr innerhalb von 48 Stunden vergriffen", konterte Katronius lächelnd.

„Zu absurden Preisen und auf Kosten der Umwelt", sagte Angelos Nikakis.

„Hören Sie, wenn für drei Tage eine Bühne im Meer steht, ist das keine Beschleunigung des Klimawandels!"

„Ja. Und der Aufbau der Bühne an Ihrem Strand und die daraus folgenden Mindereinnahmen wären keine Beschleunigung Ihres Bankrotts", gab Angelos zurück. „Es werden grundsätzlich keine Bauten im Meer genehmigt. Die Zeiten sind vorbei. Wenn wir das anfangen, bleiben die Bühnen nämlich stehen, werden zur Tanzfläche. Als Nächstes wird dann aufgeschüttet und in zwanzig Jahren schaut es dann auf Mykonos so aus wie ‚The Palm' in Dubai!"

„Sie sind kein Mann des Fortschritts", sagte Katronius.

„Sagt jemand, der Antonis Remos auftreten lässt!"

„Gut. Dann also wie immer. Ich zahle das Bußgeld im Voraus. Letztes Jahr waren es 20.000 Euro. Ziemlich happig!"

„Das Bußgeld beträgt dieses Jahr 50.000 Euro zuzüglich 10.000 für die Lärmbelästigung durch das Gejaule", sagte Angelos und grinste.

Katronius knurrte, stellte aber den Scheck aus und verließ grußlos das Amtszimmer des Bürgermeisters. Gabriel, die rechte Hand von Angelos, kam ins Zimmer gerollt.

„So wie ich dich kenne, hast du irgendetwas vor", sagte Gabriel zu Angelos.

„Remos kommt immer am Tag des Auftritts, relativ knapp vor dem Konzert. Überprüfe die Passagierlisten von Olympic, Aegean und Volotea. Du bist doch unser Computergenie!"

„Aber das wäre strafbar", protestierte Gabriel grinsend.

„Nur, wenn du dich erwischen lässt!"

„Und was tust du, wenn ich es herausfinde?"

„Ich rufe bei der Flugsicherung an, dass wir eine Bombendrohung für diesen Flug erhalten haben und es nach Athen zurückfliegen muss. Remos kommt dadurch garantiert zu spät. Und dem Flughafen sage ich, sie sollen sein Gepäck aussortieren und auf irgendeinen Flieger nach München oder Mailand verladen. Am Besten sollten sie drei Mal drüberfahren, damit alle Laikas zu Bruch gehen!"

Gabriel lachte laut.

„Du magst also weder Herrn Katronius noch Herrn Remos", stellte Gabriel fest.

„Remos ist erstens ein Rechter und zweitens rennen selbst Katzen bei der Musik davon", sagte

Bürgermeister und Kommissar Angelos Nikakis und lehnte sich in seinem Sessel zurück.

„Ich bezweifle, dass er nächstes Jahr wiederkommt!"

3

Drei Tage später

Als Angelos nach Hause kam, stand Yariv auf der Terrasse und malte. Angelos war erleichtert, dass sein Ehemann wieder zum Pinsel griff. Nach dem anstrengenden Mykobar-Fall schien Yariv erschöpft und ausgebrannt.

„Hallo, Kleiner!"

Yariv grinste.

„Sag mal, Angelos, ich habe gerade im Fernsehen gesehen, dass es eine Bombendrohung am Flughafen Mykonos gab. Du weißt nicht zufällig etwas darüber?"

„Nö", sagte Angelos und ging in die Küche.

Aber Yariv legte den Pinsel beiseite und folgte ihm.

„Was für ein Zufall. Heute ist doch das Remos-Konzert bei Katronius und das bringt dich jedes Jahr auf die Palme. Also?"

„Na gut. Der Anrufer war Gabriel. Katronius setzt sich jedes Jahr über die Anordnung hinweg. Einen Haftbefehl bekomme ich nicht, also …"

Yariv lachte.

„Die Nikakis-Methode. Dass die anderen Passagiere vielleicht Angst hatten, spielt dabei keine Rolle?"

„Kleiner, wer mit Volotea fliegt, hat ohnehin mit dem Leben abgeschlossen. Das letzte Mal, als wir mit denen geflogen sind, war es eine Boeing 727 aus dem Jahre 1970!"

„Keine Spur zurück zu dir?"

„Ach was. Die Flugsicherung wusste Bescheid. Giannis hat nur gelacht. Er kann Remos auch nicht leiden. Schade, dass ich Katronius´ Gesicht nicht sehen kann!"

„Komm mit raus auf die Terrasse", sagte Yariv.

Beide blieben aber am Fernseher hängen, denn Premierminister Migiakis sprach.

„Schau hin, unser Vollpfosten lügt wieder alle an", sagte Angelos und grinste. Das ‚Vollpfosten' war eher zärtlich gemeint, denn er und Migiakis waren gut befreundet.

„… freue ich mich, Ihnen mitteilen zu können, dass unter Vermittlung Griechenlands Israel und die Palästinenser zugestimmt haben, neue Verhandlungen aufzunehmen", sagte Migiakis.

Als Nächstes erschien ein Reporter, der wie üblich nur das wiederkaute, was ohnehin jeder gehört hatte.

„Als ob das etwas bringen würde. Da unten will keiner Frieden", knurrte Angelos.

„… gerüchteweise soll als Verhandlungsort Kastelorizo im Gespräch sein", sagte der Reporter.

Angelos und Yariv sahen sich an.

„Sind die jetzt ganz irre?". fragte Yariv.

Angelos schüttelte nur den Kopf.

„Ich sollte Migiakis anru …"

„NEIN. Du hältst dich diesmal raus. Du hast genug Ärger hier auf Mykonos", sagte Yariv bestimmt.

„Aber …" – weiter kam Angelos nicht.

„NEIN. Die sollen ihre Fehler selbst ausbaden!"

„Gut, Kleiner. Dann setz ich mich jetzt auf die Terrasse!"

Angelos Nikakis rutschte unruhig auf seinem Sunbed hin und her, räusperte sich, rauchte eine Gauloises nach der anderen.

Letztendlich gab Yariv stöhnend nach.

„Aber nur anrufen. Du fliegst nicht nach Athen!"

„Zu Befehl", antwortete Angelos und griff zum Handy.

Premierminister Migiakis ging tatsächlich an sein Handy.

„Du fehlst mir heute noch", brummte Antonis Migiakis.

„Sag mal, was soll der Mist?"

„Es ist eine hervorragende Gelegenheit, unser Image in der Welt aufzubessern!"

„Du meinst, *dein* Image aufzupolieren. Das Ganze endet in einem Desaster. Und dann wird das alles andere als ein Imagegewinn", sagte Angelos. „Ich hoffe, das Gerücht, der Gipfel finde auf Kastelorizo statt, ist auch wirklich eines!"

„Im Gegenteil. Mein Gott, Angelos: divide et impera. Einige Konservative meinten, es wäre eine hervorragende Gelegenheit, der Welt zu zeigen, wie wir permanent von den Türken attackiert werden!"

‚Attackiert? Sie lassen ab und zu ein Schiff um die Insel fahren. Das ist alles!"

‚Du bist mir ein schöner Grieche", sagte Migiakis.

‚Ich bin Mykonier", gab Angelos zurück.

Migiakis lachte.

‚Du bist in Piräus geboren, hast in Athen und Saloniki gelebt. Von wegen Mykonier!"

‚Aha. Mit wie viel Prozent wurde ich gewählt?"

‚Ja, ja, Irgendein Nordkorea-Ergebnis. Aber gut. Ich nehme deine Bedenken zur Kenntnis!"

‚Na, da bin ich aber froh", ätzte Angelos.

‚Und nehme deinen Vorschlag an, die Konferenz auf Mykonos abzuhalten. Griechenland und die Welt werden es dir danken. Gruß an Yariv und schönen Abend!"

Migiakis hatte das Gespräch beendet.

Yariv bog sich vor Lachen.

„Du bist soeben auf der Bananenschale ausgerutscht, die du selbst weggeworfen hast. Ich lach mich tot!"

„Noch ein Wort und du badest in Aceton. Und Migiakis wird das noch bereuen", schimpfte Angelos.

„Das wird er. Er braucht dich öfter als du ihn. Komm, mach uns einen Espresso. Das beruhigt", sagte Yariv, grinste aber immer noch.

Als Angelos am Fernseher vorbeilief, sah er wieder Migiakis:

„… an den Gerüchten, das Treffen fände in Kastelorizo statt, ist nichts dran. Vielmehr freue ich mich sehr, Ihnen mitteilen zu können, dass der Veranstaltungsort Mykonos sein wird.

Bürgermeister Nikakis hat sich freundlicherweise angeboten, die Konferenz auf seiner Insel durchzuführen!"

Yariv hörte einen Wutschrei aus dem Wohnzimmer und lachte erneut.

Angelos Nikakis verzog sich ins Schlafzimmer. Yariv wartete eine halbe Stunde, bis er nach oben ging.

„Jeder große General gerät mal in einen Hinterhalt. Das macht ihn nur stärker!"

„Du meinst, es geht um mich? Weißt du, was das bedeutet? Die ganze Insel wird voller Agenten sein. Israelis, Hamas, Fatah – dazu Amerikaner, Türken, und am allerschlimmsten: unsere eigenen!"

„Angelos, der griechische Geheimdienst ist nicht schuld am Tod von Alex. Dein erster Ehemann wurde Opfer eines Verräters", sagte Yariv.

„Stimmt. Nur, irgendwie kam der ja rein. Man hat entweder weggesehen oder nicht richtig hingeschaut. Aber das ist nicht das Wesentliche. Mit so vielen Akteuren ist nichts kalkulierbar!"

„Richtig. Man braucht jemand mit guten Instinkten und Bauchgefühl. Und da kenne ich niemanden, der besser ist als du! Hat Migiakis eigentlich gesagt, wann dieser Gipfel stattfinden soll?"

„Im April, in der Woche nach Ostern. Die Insel ist zu der Zeit voll. Wo zum Teufel soll ich da ein Areal finden, um eine Konferenz abzuhalten? Ein Gelände, das ich hermetisch absperren und sichern kann?", fragte Angelos.

Yariv überlegte kurz.

„Wenn du mich fragst: Kalo Livadi. Die Konferenz machst du im ‚Solymar‘, die Security bringst du daneben unter in den ‚Seasise Studios‘ und die hohen Tiere kommen ins ‚Archipelagos‘. Kalo Livadi hat nur zwei Zufahrten und ist leicht abzuriegeln. Und in der Bucht gibt es an beiden Seiten Piers“, schlug Yariv vor.

„Jetzt weiß ich wieder, warum ich dich geheiratet habe“, sagte Angelos grinsend.

Yariv lachte.

„Bestimmt nicht wegen meines Intellekts. Ich hatte noch gar nichts gesagt, da hattest du dich schon verliebt. Dein Stottern war wirklich süß“, meinte Yariv und kuschelte sich an Angelos.

„Und ein Klugscheißerhinweis: in Kalo Livadi gibt es nur Molen und keine Piers!“

„Was ist denn bitte der Unterschied?“

„Ein Pier ist eine Mole, die man befahren kann. Aber ansonsten hast du recht. Kalo Livadi ist der perfekte Ort!“

„Wie wäre es, wenn wir erst ein bisschen kuscheln und dann später in die Stadt gehen?“

„Als ob es einen Bürgermeister gäbe, der in seiner Stadt flanieren kann“, seufzte Angelos.

„Keine Sorge. Sobald dich jemand volllabert, stecke ich dir die Zunge in den Mund!“

„Was mir nicht hilft, denn dann laufe ich mit Erektion durch die Chora und alles lacht“, sagte Angelos.

„Bei den alten Griechen waren Männer mit großen Geschlechtsteilen Halbgötter. Das ‚halb‘ kann man bei dir aber streichen", meinte Yariv und lachte.

„Ich hätte einen Harem voller Jünglinge. Aber was will ich mit dem jungen Gemüse? Ich hab alles, was ich brauche!"

„Ich auch. Und jetzt kuscheln", sagte Yariv.

„Hmmh."

„KUSCHELN, Angelos!"

Zwei Stunden später schlenderten Angelos und Yariv Nikakis durch die Altstadt, in der alles für die Saisoneröffnung vorbereitet wurde.

Es war Ende März und ungewöhnlich warm – nach einem extrem trockenen Winter.

Sichtbares Zeichen des nahenden Sommers war immer die Eröffnung des Cafés „Da Vinci" an der Promenade.

„Auf euch habe ich schon gewartet", sagte Ioanna, Angelos´ Lieblingsbedienung. Sie war eine der wenigen Frauen, die Angelos küsste.

Ioanna war Mitte dreißig und hatte überall ein paar Kilo zu viel, was sie nicht juckte. Sie war mit sich im Reinen und strahlte genau das aus: fröhlich und unaufgeregt – nicht der typische Mykonos-Hungerhaken, der von einer Party zur anderen rauscht und sich in den Pausen dazwischen übergibt.

„Die schönsten Männer der Insel. Wie geht´s den Jungs?"

„Ich habe den Winter knapp überlebt. Mein Gatte ist unersättlich, wenn er nichts zu tun hat", sagte Yariv.

‚Also hör mal. Was erzählst du denn da?", fragte Angelos.

Ioanna schmunzelte.

‚Wechselt doch einfach mal. Drei Tage aktiv, drei Tage passiv und einen Tag Ruhe!"

„Ein Tag ohne Sex?", fragte Angelos entsetzt.

Ioanna lachte.

„Ihr seid schon ein Jahr zusammen. Da sollte das doch nachlassen. Jedenfalls war es bei mir so!"

„Nicht bei unserem Herrn Bürgermeister", meinte Yariv.

„Gut, dann gibt's jetzt drei Tage keinen Sex. Halte ich problemlos aus", sagte Angelos.

Yariv und Ioanna lachten beide.

„Du vielleicht schon, aber *er* nicht", meinte Yariv und grinste.

„Was macht die Galerie?", fragte Ioanna.

„Da steht der Frühjahrsputz an. Außerdem muss ich noch ein paar Bilder malen. Der Winter war schnell vorbei", sagte Yariv.

„Du kannst in Zukunft an den sexfreien Tagen ungestört malen", knurrte Angelos.

„Ist doch nur Spaß. Ich liebe dich - und *ihn*!"

Sie liefen noch eine Runde. Yarivs Galerie neben dem „Bonbonniere" hatte den Winter gut überstanden. Der übliche Sahara-Regen war ausgeblieben.

„Wir brauchen nicht einmal weißeln", stellte Angelos fest.

Die zwei fuhren gut gelaunt nach Hause.

Zur gleichen Zeit änderte sich das Leben zweier Menschen fundamental. Es handelte sich um einen Mann und eine Frau.
Der Mann lebte in Tel Aviv, die Frau in Moskau.
Beide sollten – ohne, dass sie es schon wussten – in Kürze auf Mykonos eintreffen.
Und dort in ein Gewitter aus Ereignissen geraten.

4

Tel Aviv, Außenstelle des Außenministeriums

Daniel Dimas atmete tief durch, nach zehn Stunden dröger Arbeit im Außenministerium. Fast alle Posten im Haus waren spannend und mit viel Arbeit verbunden – der Staat Israel war ein Unikum und daher waren Beziehungen mit den meisten Ländern schwierig und erforderten permanent kreative Lösungen. Erfüllende Arbeit.
Bei Daniel Dimas hingegen waren die Tage langweilig, denn seine Zuständigkeit beschränkte sich auf Südosteuropa: Griechenland, Serbien, Bulgarien und Zypern. Länder, mit denen die Beziehungen unproblematisch waren. Auch hielt sich der Antisemitismus dort in Grenzen. Kein Wunder: in Griechenland gab es fast keine Juden

mehr. Fast alle lebten bis 1943 in Saloniki und wurden von den Deutschen deportiert.

Die Abteilung war keine Herausforderung für jemand, der Politikwissenschaft, Philosophie und Griechisch studiert hat, eine Sackgasse. Daniel Dimas hatte sich mehr erwartet und war mit 30 Jahren zwar noch nicht alt, aber auf einem Nebengleis, während andere im Schnellzugtempo an ihm vorbeirauschten.

Spannend wurde es nur einmal im Jahr: wenn die Parkplätze neu vergeben wurden. Tatsächlich erhielt Dimas zu Weihnachten die Nachricht, dass er einen Block vorrutschen würde. Rechtzeitig zu seiner Pensionierung könnte er es bis vor den Eingang schaffen – wenn er bis dahin nicht im Rollstuhl sitzen würde.

Er bog ab in seine Parkzeile, in der sein Honda stand. Mehr war bei seinem Gehalt nicht drin und so musste er in Hod haSharon wohnen. Die Mieten in Tel Aviv konnten sich nur wenige leisten.

Ihm begegnete ein schwarzer Van.

Du findest hier garantiert keinen Platz für das Riesending, dachte Dimas. Das müsste der Fahrer doch sehen. Eine Sekunde vor dem Ereignis dämmerte ihm, was hier vorging, aber es war zu spät.

Die Seitentüre öffneten sich und zwei vermummte Männer zogen ihn in den Wagen.

Dann verpasste man Daniel Dimas einen Schlag in die Magengrube. Ihm blieb die Luft weg und krümmte sich auf dem Boden.

Eine Stimme sagte auf Arabisch: „Kameras wieder einschalten!"

„Was wollen Sie?", fragte Dimas, ohne zu erwarten, eine Antwort zu bekommen.

Daher war er etwas überrascht, als die Stimme auf Arabisch sagte: „Wir schicken dich auf eine Reise nach Mykonos!"

5

Moskau

Ludmilla Popov hatte bessere Laune als Daniel Dimas. Der Grund war ein schlichter: Ludmilla war jünger, gerade mal 19. In diesem Alter hat man noch Träume, die in Wahrheit Illusionen sind.

Erneut hing ein nach Wodka stinkender Mann über dem Tresen. Aber Ludmilla hatte ihn aufmerksam beobachtet: die Kleidung, die Getränkeauswahl. Er war ein Möchtegern-Neureicher, der ihr nichts bieten konnte – also ignorierte sie seine lautstarke Bestellung. Stattdessen nickte sie dem Tschetschenen zu, der für Ordnung sorgte. Der machte nicht viel Federlesen, packte den Mann am Kragen und zog ihn Richtung Ausgang.

Ludmilla arbeitete seit einem Jahr im „Big easy Moscow", einer Bar, die zwar von besserem Publikum besucht wurde als gewöhnliche

Nachtklubs. Aber die richtig Reichen, die Oligarchen, verkehrten woanders.

Daher hatte sie auf Plan 2 umgeschwenkt: eine Reise nach Mykonos, dem Treffpunkt der Reichen und Schönen, wobei letzteres nicht das entscheidende Kriterium war. Reich musste er sein. Ludmilla hatte jeden Cent gespart, zwei Jahre lang, hatte auf teure Nachttouren durch Moskau verzichtet. Zusätzlich zweigte sie Einnahmen aus der Bar ab.

Nun war es soweit: sie hatte das Geld beisammen für den Trip, der ihr Leben verändern sollte.

Gestern kam die Nachricht, auf die sie gewartet hatte. Ein Kosmetikstudio in einem Hotel hatte nach einer russischen Visagistin gesucht, da viele Russinnen kein Englisch sprachen. Man stellte sie für eine Saison ein. Länger werde ich nicht brauchen, dachte Ludmilla.

Es war die Chance ihres Lebens.

Bei der Abrechnung ließ sie wieder 20 Dollar verschwinden. Sie packte ihren Mantel und sagte zu Boris, dem Türsteher: „Bis morgen", obwohl sie wusste, dass sie nicht mehr kommen würde. Morgen Abend werde ich am Flughafen Scheremetjewo sein und das Flugzeug besteigen, das sie in die Zukunft fliegen würde.

Richtung Mykonos.

Mykonos würde ihr Leben tatsächlich verändern, aber anders als sie geplant hatte.

Mykonos würde ihr Leben fast beenden

6

Als die Männer ihm eine Kapuze überstülpten, begriff Daniel den Ernst der Lage. Entführt man einen Israeli, bringt man ihn entweder in die West-Bank oder nach Gaza. Daniel hatte jedes Zeitgefühl verloren, aber instinktiv wusste er, dass es nach Gaza ging.

Der Wagen stoppte und die Männer zerrten ihn heraus. Dann ging es in ein Untergeschoss.

Sie nahmen ihm die Kapuze ab und zunächst sah er gar nichts. Langsam erkannte er, dass er in einem betonierten Keller war. In der Mitte ein Tisch und ein Stuhl, beide am Boden festgeschraubt, der Stuhl mit Riemen versehen.

Daniel begriff, was ihm drohte, aber er verstand nicht, warum. Was wollen die von einem kleinen Beamten?

Zwei Männer mit Kapuzen zwangen ihn, sich auf den Stuhl zu setzen und fixierten die Riemen.

Ein dritter Mann kam herein, ohne Kapuze. Araber, Ende zwanzig, schätzte Daniel.

„Üblicherweise beginnen wir die Befragung mit ein paar Schlägen und Tritten!"

„Bitte nicht", sagte Daniel.

„Du hast Angst um dein schönes Gesicht? Gut so. Denn das brauchen wir noch!"

„Wer sind Sie?"

„Das spielt keine Rolle. Daniel Dimas. Außenministerium, zuständig für Griechenland. Du sprichst Griechisch und Arabisch?"

„Und Hebräisch", ergänzte Daniel.

„Natürlich", sagte der Mann und grinste.

„Dann zur Sache. In drei Wochen beginnen auf Mykonos diese sogenannten Friedensverhandlungen!"

„Ja, aber die Federführung liegt nicht in meiner Abteilung, sondern im Stab – und beim Mossad. Ich hatte und habe damit nichts zu tun!"

„Das wird sich ändern. Du gehst als Übersetzer mit nach Mykonos!"

„Nein. Dagan ist der eingeteilte Übersetzer", widersprach Daniel.

„Herr Dagan wird nächste Woche ernsthaft erkranken und man wird nach einem Ersatz suchen!"

Daniel überlegte, was mit „ernsthaft erkrankt" gemeint sein könnte.

„Du wirst dieser Ersatz sein", stellte der Mann fest.

Daniel nahm allen Mut zusammen, den er hatte und sagte:

„Ich bin kein Verräter!"

Der Mann lachte.

„Jeder kann zum Verräter werden. Das geht schneller als man denkt. Reden wir über Hassan!"

Daniels Herz begann zu rasen und er bekam Angst.

„Hübscher Junge, dein Hassan. Ich persönlich habe nichts gegen Schwule. Manche meiner Kollegen betrachten Homosexualität als Todsünde wider Allah, Ich hingegen glaube an die Unfehlbarkeit der Natur. Reden wir also über Hassan. Du liebst ihn?"

„Bitte tun Sie ihm nichts!"

„Das liegt in deinen Händen. Also: du liebst ihn und ihr seid seit zwei Jahren ein Paar!"

„Was immer ,ein Paar' in Israel bedeutet. Er ist Palästinenser und ich Israeli!"

„Schwierig. Vor allem dann, wenn Hassan keinen Passierschein mehr bekommt, nicht wahr?"

Daniel erstarrte.

Sie wussten es.

„Ich hätte wahrscheinlich genauso gehandelt wie du, aber das Fälschen von Passierscheinen ist eine Straftat und du hast wie viele gefälscht?"

„Mehr als dreißig", sagte Daniel niedergeschlagen.

„Gut. Dann wäre das geklärt. Nun schau genau hin!"

Der Mann schob ein Notebook über den Tisch.

Daniel erkannte Hassan, wie er von zwei Männer verprügelt wird. Daniel zog an den Riemen.

„Süß. Aber du kannst ihm nicht helfen. Springen wir zum zweiten Teil!"

Hassan lag nackt über einem Tisch. Zwei Männer zogen ihm die Beine auseinander und ein weiterer Mann näherte sich.

„NEEEIIIN", brüllte Daniel und wand sich.

„Gut. Ich denke, das reicht. Meines Wissens geht das Drehbuch so weiter, dass der dritte Mann einen Lötkolben zur Hand hat!"

Daniel begann zu weinen.

„Aber noch ist Hassan nichts passiert. Es ist nur eine Vorwarnung, damit du den Ernst der Lage verstehst. Erfüllst du deine Aufgabe, ändern wir das

Drehbuch und du bekommst ihn unversehrt zurück. Das sollte Motivation genug sein."

„Ich bin kein mutiger Mann. Ich bin nur ein kleiner Beamter. Was könnte ich schon für Sie tun?"

Der Mann grinste.

„Das, was du am besten kannst: gut aussehen!"

„Bitte was?"

Der Mann zog das Notebook wieder zu sich über den Tisch.

„Warst du schon einmal auf Mykonos?"

Daniel nickte.

„Zwei Mal. Es ist der beste Ort, um jemanden kennenzulernen!"

„Andere Schwule, meinst du. Reicht Tel Aviv nicht?"

„Nein. Auf Mykonos gibt´s keine Orthodoxen, die einen anpöbeln. Und keine Araber, die vor einem ausspucken!"

„Nun. Ich entschuldige mich für meine Landsleute. Sie sind nicht sehr gebildet, was Israel sehr gelegen kommt. Aber ich schweife ab. Schau dir diese beiden Männer an!"

Wieder schob der Mann das Notebook hinüber zu Daniel.

„Und?"

„Und was? Beide sehen gut aus. Der Linke besonders. Ich würde sagen, das sind Griechen!"

„Korrekt. Der Mann links ist Angelos Nikakis. Bürgermeister und Kommissar der Insel. Er ist verheiratet mit dem Mann rechts. Der mit den Locken. Yariv Nikakis. Er ist übrigens Jude. Aber das spielt keine Rolle!"

„Ich verstehe immer noch nicht", sagte Daniel.

„Du sollst deinen Charme spielen lassen und für möglichst viel Unfrieden in der Beziehung sorgen. Du wirst dich an den Lockenkopf heranschmeißen, ihn verführen. Angelos ist so verliebt, dass er vor Eifersucht platzen wird. Genau in den Tagen, in denen die Konferenz beginnt. Er wird sich nur mit einer Frage befassen: wie werde ich diesen Israeli los und wie behalte ich meinen Mann? Ist Angelos Nikakis mental abwesend, können wir unsere Pläne vorantreiben!"

Daniel schaute verwirrt.

„Ich soll diesen Yariv anbaggern? Wie soll ich das machen? Was ist, wenn er gar nicht auf mich steht? Wenn er treu ist?"

„Erstens unterschätzt du deine Fähigkeiten und zweitens wirst du dich besonders anstrengen. Deswegen …"

Wieder schob der Mann das Notebook über den Tisch.

Und wieder sah Daniel das vertraute, geliebte Gesicht von Hassan. Seine Augen zeigten nichts als Panik.

„Daniel, bitte. Tu, was die Männer sagen. Es ist allein meine Schuld. Nur wegen mir hast du die Passierscheine gefälscht. Aber das hilft jetzt nichts. Du musst tun, was die Männer sagen, sonst bin ich verloren. Ich liebe dich!"

Daniel schluchzte laut.

Wenn ich ein Gewissen hätte, würde ich jetzt Mitleid haben, dachte der Mann, der Daniel dessen Mission erklärte.

Gott sei Dank habe ich keines.

Ein weiterer Mann betrat den Raum und sprach den Verhörer mit ‚Ahmed' an. Daniels Verdacht war nun endgültig bestätigt.

Ich bin mit Sicherheit in Gaza und den Händen der Hamas.

„Gut, junger Mann. Du musst gut vorbereitet auf deine Mission gehen. Zunächst wirst du jeden Stein auf Mykonos kennenlernen und ich rate dir – im Interesse von Hassan – dass du dich anstrengst. Leider können wir keine Rücksicht darauf nehmen, dass heute Schabbes ist", sagte der Mann, der offensichtlich Ahmed hieß.

Daniel stand unter Schock – ansonsten wäre ihm aufgefallen, dass kein Araber das Wort ‚Schabbes' verwendet.

Und Ahmed hieß in Wirklichkeit Yitzhak.

Der Name der Operation: die Engel der Finsternis.

7

Yossi und seine drei Mitarbeiter standen am Bagage Claim im Flughafen von Mykonos.

Angelos und Yariv warteten in einem rundum verglasten Raum im ersten Stock.

„Mein Gott, denen steht ‚Geheimdienst' auf der Stirn", sagte Yariv und lachte. Lederjacke,

Sonnenbrillen und mit Ausnahme von Yossi sichtbar durchtrainiert.

„Lust auf einen kleinen Scherz?", fragte Angelos.

„Immer!"

Angelos ging zum Mikrofon.

„Achtung: Familie Mossad, Familie Mossad. Bitte melden Sie sich am Info-Schalter!"

Yossis Blick verfinsterte sich, sehr zum Vergnügen der Herren Nikakis. Zwei Minuten später standen sie am Info-Schalter in der Ankunftshalle.

„Musste das sein?", fragte ein verärgerter Yossi.

„Ihr hättet auch mit einem Transparent ‚Mossad' herumlaufen können", meinte Angelos und nahm Yossi in den Arm.

„Aber ich freue mich, dich zu sehen!"

„Ebenfalls", knurrte Yossi.

„Ich habe die üblichen schwarzen Vans weggelassen und stattdessen drei Jeeps gemietet. Das passt besser zur Umgebung", erklärte Angelos. „So wie ich dich kenne, willst du zuerst die Location sehen und erst dann ins Hotel, wobei du auch bei uns schlafen kannst!"

„Du kennst mich fast zu gut. So machen wir es!"

Als Angelos, Yariv und Yossi – im ersten Jeep sitzend - losfuhren, wetterte Yossi los.

„Das Ganze geht mir furchtbar gegen den Strich. Friedensverhandlungen? Mit wem denn? Mit denen in Gaza, die noch vor vier Monaten Hunderte von Raketen auf uns abgefeuert haben? Und selbst unseren Politikern traue ich nicht. Wir waren vier Mal wählen - und das in einem Jahr! Die

Regierung, die hier verhandelt, ist in drei Monaten vielleicht gar nicht mehr im Amt!"

„Immerhin bist du auf Mykonos bei Freunden und nicht in Norwegen, wo du dir Frostschutzmittel spritzen müsstest", sagte Angelos.

Yossi lachte.

„Stimmt, Das ist das einzig Positive. Aber ich muss Männer abstellen, die ich dringend woanders bräuchte!"

„Das glaube ich dir gerne. Aber wir sind auch noch da. Und Kalo Livadi ist relativ leicht zu bewachen!" Angelos hielt in der Nähe des „Solymar" am Strand von Kalo Livadi.

„Es gibt nur zwei Zufahrten. Zu Fuß ginge es noch über die Bergkuppe nach Elia, aber das wäre beschwerlich. Rechts und links haben wir je eine Mole. Vor der Bucht liegen zwei Schnellboote der Marine. Deine Leute wohnen im ‚Seaside' gleich hier oberhalb. Der Heliport ist 100 Meter weiter oben!"

Yossi schaute sich um und nickte.

„Schaut gut aus. Besser geht´s nicht!"

„War Yarivs Idee", sagte Angelos. „Und jetzt schauen wir uns das ‚Solymar' an."

Der Besitzer, Kostas Persidis, war zunächst nicht begeistert, als Angelos ihm seine Pläne erklärte.

„Im April sind meine Leute normalerweise gar noch nicht hier. Wer kommt für die auf?"

„Kostas, hör zu. Medien sind vor Ort nicht zugelassen. Die Aufnahmen liefert ein einziges Fernsehteam und die sind gehalten, den Namens-zug einzublenden und den Namen mehrmals zu erwähnen. Das ‚Solymar' könnte weltberühmt werden. Viele werden kommen, um den Ort zu sehen, an dem der endgültige Friede im Nahen Osten geschlossen wurde. Und sicher würde der Friede nicht „der Frieden von Kalo Livadi" heißen, sondern der ‚Solymar-Friede' – wie beim ‚Camp David-Abkommen'!"

Persidis sah die Kassen klingeln.

„Ich könnte vielleicht Eintritt verlangen!"

Garantiert nicht, dachte Angelos.

Aber versprechen tue ich dir vorher alles.

„Darüber kann man reden!"

Auch Yossi hielt das „Solymar" als Verhandlungsort für perfekt.

„Wir brauchen alle Personalunterlagen. Und Passierscheine für die Bewohner!"

„Alles schon erledigt. Liegt alles zuhause. Schwierig wird einzig der Transfer vom Flughafen hierher, andererseits sind das nur drei Kilometer. Oder ihr nehmt Helis", schlug Angelos vor. „Mehr Sorgen bereiten mir deine Kollegen. Russische, türkische Geheimdienstler – von Terroristen ganz zu schweigen. Wir sollten ab einer Woche vorher alle Einreisenden streng kontrollieren. Einer deiner Leute könnte mit an der Passkontrolle stehen, in Polizeiuniform. Und am Hafen kontrollieren wir alle Fähren", sagte Angelos.

„Ist das mit Athen abgesprochen?", fragte Yossi.

„Athen kann mich mal", sagte Angelos.

Damit gab er exakt wieder, was Mykonier über die Zentralregierung dachten.

8

Als Ludmilla die Lufthansa-Maschine verließ, war sie überrascht. Die Luft war frisch, ganz im Gegensatz zur Moskauer Duftnote „Eau de Auspuff". Und sie hatte größte Schwierigkeiten, ihr Cap auf dem Kopf zu behalten. Touristen, die zum ersten Mal nach Mykonos kommen, erkennt man immer daran, dass sie Hut oder Kappe tragen.

Ein Hochgefühl erfasste sie. Ich bin tatsächlich da. Drei Stunden von Moskau nach München und dann noch einmal gut zwei Stunden bis Mykonos. Nutze deine Chance, sagte ihre innere Stimme.

Zwanzig Minuten nach der Landung stand sie im Freien und wollte ein Taxi rufen. Sie holte einen Zettel aus ihrer Tasche: Ambassador Hotel.

Plötzlich sah sie einen Mann mit einem Schild.

Mrs. Popov – Ambassador.

Ludmilla war überrascht, denn das Hotel hatte ihr mitgeteilt, sie solle ein Taxi nehmen, denn im April hätten sie zu wenig Fahrer.

Ludmilla ging auf den Mann zu und lächelte ihn an.

„Ich bin Ludmilla Popov!"

„Herzlich Willkommen auf Mykonos. Wir fahren Sie zum Hotel. Darf ich ihr Gepäck tragen?"

Auf dem Weg zum Auto hatte Ludmilla Schwierigkeiten irgendetwas zu sehen. Die April-Sonne ist gleißend auf Mykonos.

Sie erreichten den Van und ein zweiter Mann half ihr ins Innere.

Als Russin war sie vielleicht misstrauischer als Mädchen aus dem Westen. Irgendetwas stimmte hier nicht. Der Wagen hatte keinen Aufkleber mit dem Hotelnamen. Und die Bewegungen der Männer waren linkisch. Ungewöhnlich für Angestellte in einem Fünf-Sterne-Hotel.

Sie griff zum Handy, um das Hotel anzurufen.

Aber Ludmilla Popov kam nicht mehr zum Scrollen. Einer der Männer riss ihr das Handy aus der Hand und verpasste ihr einen Schlag in den Magen. Ludmilla bekam keine Luft mehr, aber sie hörte, wie die Türen zugeknallt und verriegelt wurden. Der Wagen fuhr mit überhöhtem Tempo über schlechte Straßen, so viel bekam Ludmilla noch mit. Plötzlich drückte ihr jemand einen Lappen ins Gesicht, der schrecklich nach Chemie roch.

Als sie wiedererwachte, war Ludmilla übel und sie hatte Schmerzen in den Armen. Sie drehte ihren Kopf nach rechts und sah, warum. Sie war mit den Armen an ein Bett gefesselt.

Am Fuß des Bettes standen mehrere Männer. Afrikaner. Einer hatte keine Hose mehr an und spielte mit seinem Penis. Die anderen drängten ihn, endlich loszulegen.

Beim ersten Mann wehrte sie sich noch mit den Füßen.

Zwei Stunden später spürte Ludmilla ihren Körper nicht mehr. Eine warme Flüssigkeit lief ihr die Beine hinunter. Ein Gemisch aus Sperma und Blut.

Sie banden sie los. Es ist vorbei, dachte Ludmilla. Mit Entsetzen bemerkte sie, dass die Männer sie nur umdrehten. Und schon lag der erste Mann wieder auf ihr. Sie erkannte ihn am Geruch und seinem Grunzen.

Nach vier Stunden ließen sie von ihr ab. Eine Fessel wurde entfernt. Die Männer warfen ihr eine Flasche Wasser auf das Bett. Panisch suchte sie die Umgebung ab, ob sich irgendetwas in ihrer Reichweite befand, mit dem sie ihrem Leben ein Ende beenden könnte. Nichts.

Durch einen Schleier aus Schmerzen und Ungläubigkeit sah sie, dass einer der Männer wieder neben ihrem Bett stand. Er setzte sich auf sie und zwang ihr seinen Penis in den Mund.

9

Ludmilla Popov hatte noch Glück im Unglück. Ein Gast, der nicht mit dem avisierten Flug ankommt, ist nichts Ungewöhnliches, gerade in Corona-Zeiten. Kein Hotelier käme auf die Idee, die Polizei zu rufen, nur weil ein Gast oder Angestellter nicht ankommt. Gerade am Saisonanfang kommen manche Angestellte überhaupt nicht, weil sie woanders einen besseren Job ergattert hatten oder nicht die nötigen Papiere vorweisen konnten.

Doch ein Tourist hatte gesehen, dass die Frau, die freiwillig in den Van gestiegen war, plötzlich geschlagen wurde. Als der Mann hektisch die Tür schloss und das Fahrzeug mit hohem Tempo zur Ausfahrt fuhr, war dem Tourist klar, dass irgendetwas nicht stimmte.

Der zweite Glücksfall: der Mann logierte ausgerechnet im „Ambassador". Er bat die Rezeption, bei der Polizei anzurufen. Bei der Gelegenheit erwähnte die Dame im Hotel, dass die neue Kosmetikerin nicht erschienen ist.

Unschlüssig, was zu tun war, rief Maria, Leiterin der Dimotiki Astinomia, bei Angelos an.

„Hat der Gast eine Ahnung, wann er die Szene beobachtet hat?", fragte Angelos, in Erwartung der Antwort: „Irgendwann nach Landung und Gepäckausgabe!"

Maria lachte.

„15 Uhr 34. Der Mann ist Deutscher!"

„Alles klar. Wir übernehmen. Wenn wir dich brauchen, melde ich mich!"

Angelos seufzte.

Kameraarbeit plus Glück.

„Yariv, hast du mitgehört?"

„Jup. Ich sitze schon dran. Kameras *im* Flughafen oder erst draußen?"

„Draußen. Das ist keine Entführung einer reichen Tochter. Zu welchem Zweck entführt man eine russische Kosmetikerin?"

„Menschenhandel oder Prostitution", sagte Yariv.

„Also zählt jede Minute. Die Kamera in der Ausfahrtspur ist eine niedrige 90!"

Auf der Übersicht erkannten sie schnell: es war die 91. Die Uhrzeit stimmte haargenau. Deutlich sah man, wie eine Frau in den Van stieg.

„Bitte lass ihn links abbiegen", murmelte Angelos. Es ging nach links.

„Richtung Ano Mera. Lassen wir die Zwischen-kameras aus. Kriegerdenkmal Ano Mera ab 15.40!" Um 15 Uhr 42 war der Van zu sehen, wie er links abbog.

„Die 114, so groß wie möglich. Gut. Er biegt nach rechts ab. Ich brauche die Karte bitte!"

Auf dem Plan sah man, dass entlang der Sackgasse acht Gebäude lagen.

„Genau. Hinten sind zwei alte Scheunen, die für Saisonarbeiter umgebaut wurden. Sind aber trotzdem richtige Löcher", sagte Angelos.

„Tja, aber welche ist die richtige?", fragte Yariv.

„Nach Ano Mera. Und dann steuerst du die Mini-Drohne! Wir müssen uns beeilen, denn es wird bald dunkel!"

Nach einer halsbrecherischen Fahrt erreichten sie um 18.56 Uhr Ano Mera. Fünf Minuten später ließ Yariv die Drohne starten. Angelos saß am Notebook.

Rund um beide Häuser war keine Menschenseele zu sehen. Dann erkannte er den berühmten Fehler im Bild.

Bei der hinteren Scheune waren alle Türen und Fenster geschlossen, ungewöhnlich an einem für diese Jahreszeit warmen Tag.

Angelos war sich sicher.

Noch ahnte niemand, dass der Fall Ludmilla direkt mit den Verhandlungen in Kalo Livadi zusammenhängt. Aber woher hätten Angelos und Yariv dies wissen sollen.

10

Du willst rein? Nur wir zwei?", fragte Yariv. „Wie soll denn die Verstärkung aussehen? Maria und drei Verkehrspolizisten? Oder sollen wir drei Stunden auf das OPKE-Team aus Athen warten?"

„Wir könnten Yossi rufen."

„Nein. Die machen eine Begehung auf dem Hügel nach Elia. Bis die unten sind …"

„Ok, aber du gehst nur mit Weste da rein!"

Angelos verdrehte die Augen. Er hasste die Schutzwesten.

„Von mir aus. Du trittst die Türe ein und ich gehe rein", sagte Angelos. „Kommst du mit dem Fuß auf die Höhe des Schlosses?", fragte Angelos – und bekam einen Klaps auf den Hinterkopf.

„Ich bin 1,75 und nicht 1,50", knurrte Yariv.

„Blendgranate?", fragte er, aber Angelos schüttelte den Kopf.

„Blendgranate nur, wenn man mit uns rechnet. Dann brauchen wir den Nebel als Schutz, hier nimmt er uns die klare Sicht! Wollen wir?"

Yariv nickte und bezog seine Position rechts der Türe. Er trat mit voller Wucht gegen das Schloss und die Türe flog auf.

Das Bild, das sich ihnen bot, war skurril.

Auf einer Matratze lag ein Mädchen, auf ihr ein Mann, der sie bearbeitete und am Bettende warteten vier weitere Männer, zwei davon hatten bereits die Hosen heruntergelassen. Keiner hatte eine Waffe.

Angelos gab Yariv seine Glock, lief zum Bett und zog den Mann von der Frau herunter. Er verpasste ihm einen Faustschlag ins Gesicht. Der Mann ging zu Boden und Angelos trat ihm mit voller Wucht in die Weichteile. Nach dem zweiten Tritt zog Yariv Angelos weg.

Die vier anderen Männer nutzten die Gelegenheit und sprangen aus dem Fenster oder rannten zur Hintertüre hinaus. Alle Beteiligten waren schwarz, ohne jeden Zweifel Afrikaner.

Angelos fesselte den Vergewaltiger mit Kabelbindern, Yariv rannte zur Hintertüre, stand aber vor dem klassischen Polizistenproblem: Verdächtiger flieht, ist aber unbewaffnet. Schießen oder nicht? Yariv schoss nicht, denn zu dem Zeitpunkt wusste er noch nicht, ob sich die Männer auch an dem Mädchen vergangen hatten. Die Szenerie sagte ihm: ja, aber es reicht mir nicht.

Als Yariv zurück ins Haus kam, sah er, dass Angelos den Mann zum SUV schleifte. Er setzte sich zu dem Mädchen aufs Bett. Ludmilla lag in Fötusstellung da. Ihr Körper war übersät mit Sperma und

Blutergüssen, ein großer Blutfleck breitete sich aus. Er wollte ihr an die Schulter fassen, als Angelos laut rief:

„NICHT ANFASSEN!"

Yariv erschrak.

„Warum nicht?"

„Erstens bist du ein Mann. Zweitens ist jede Berührung der pure Horror. Ich bin noch ein Jahr danach zusammengezuckt, wenn mir nur jemand auf die Schulter klopfte. Berührung nur von vorne, immer sagen, was du machst und ganz langsam!"

Angelos setzte sich auf das Bett.

„Mach du!"

„Ludmilla. Du bist in Sicherheit. Wir sind beide von der Polizei!"

Ludmilla begann zu schluchzen.

„Ludmilla. Du bist schwer verletzt. Wir bringen dich ins Krankenhaus. Wenn du dich umdrehst, trage ich dich zum Wagen!"

Angelos drehte sich um und sagte zu Yariv:

„Fahr das Schwein ins Gefängnis und ruf bitte den Krankenwagen!"

Yariv nickte, war aber beunruhigt. In der Nacht würde bei Angelos der Flashback kommen.

11

Als Angelos und Yariv nach Hause kamen, ging Angelos wortlos hoch ins Badezimmer. kurz danach hörte Yariv das Rauschen des Wassers.

Fünfzehn Minuten später lief das Wasser noch immer.

Als Yariv vorsichtig die Türe öffnete, sah er, dass Angelos auf dem Boden der Dusche saß und das Wasser auf seinen Kopf prasselte. Yariv stellte das Wasser ab, nahm ein Handtuch und setzte sich neben Angelos auf den nassen Boden. Vorsichtig trocknete er dessen Haar.

„Die nächste Vergewaltigung übernehme ich. Ich hätte es wissen müssen!"

Angelos starrte immer noch geradeaus.

„Du durchlebst gerade deine …"

Angelos nickte.

Yariv kannte das Video von Angelos´ Vergewaltigung, denn er arbeitete zuvor im Polizeipräsidium in Athen, in der Abteilung Darknet. Das Video blieb ihm in Erinnerung ob seiner Brutalität. Yariv hätte sich nie träumen lassen, dass er dem Opfer begegnen und ihn dann auch noch heiraten würde.

„Du sahst genauso aus, nicht wahr?"

Angelos nickte.

„Schlimmer. Der Letzte traktierte mich mit einer Klobürste. Es hat alles zerrissen, ich wäre fast verblutet. Und zum Schluss pissten sie auf mich. Und weißt du, was ich fühlte?"

„Hass?"

„Nein. Ekel. Abscheu. Vor mir selbst. als wäre ich schuld. Das geht vielen so. Daran zerbrechen wir. Unser Körper gehört nicht mehr zu uns!"

„Trotzdem ist aus dir etwas geworden. Du bist der ungekrönte König einer Insel. Und du hast den besten Ehemann, den man haben kann", sagte Yariv und lächelte.

„Stimmt. Aber ohne Alex hätte ich die Kurve nie gekriegt!"

„Ich habe Alex leider nie kennengelernt, aber ich bin ihm sehr dankbar. Ich wollte dich eigentlich überraschen, aber ich habe nach den Fotos ein Bild gemalt und es bekommt einen Ehrenplatz im Wohnzimmer. Willst du es sehen?"

Angelos nickte.

Nach einer Minute kam Yariv mit einer Leinwand zurück.

Als Angelos das Bild sah, lächelte er.

„Gut getroffen?"

„Mehr als gut!"

Angelos schluckte, stand auf und umarmte Yariv.

„Danke, Kleiner. Und du hast recht: einen besseren Ehemann kann man sich nicht wünschen!"

Und wie üblich erdete Yariv Angelos.

„Was machen wir mit den anderen vier?"

„Nichts. Ich kann keine Chinesen voneinander unterscheiden. Und bei Schwarzen ist es genauso. Ich würde keinen erkennen. Abgesehen davon: es leben bestimmt 200 Afrikaner auf der Insel. Und eine Gegenüberstellung mit Ludmilla? Nein. Das können wir ihr nicht antun. Wir geben uns mit dem einen zufrieden, klappern die anderen Unterkünfte ab und drohen ein bisschen! Mindestens einer muss zwar im ‚Ambassador' beschäftigt gewesen sein, sonst hätten sie nicht gewusst, wer kommt. Aber die Papiere sind sicher falsch und die Jungs weg!"

Yariv nickte.

„In fünf Tagen beginnt die Konferenz. Glaubst du, dass du geistig klar genug bist? Klingt blöd, aber du weißt, was ich meine!"

„Du könntest mir heute Nacht beim Auftanken helfen", meinte Angelos und grinste.

„Ich befürchte, das heißt: den Tank bekomme eher ich voll", sagte Yariv schmunzelnd.

12

Fünf Tage bis zur Konferenz

Der nächste Morgen begann mit der Vernehmung des Vergewaltigers. Fluchend fuhr Kommissar Nikakis vom Rathaus zur neuen Polizeistation am Flughafen. Und die hatte eine typisch griechische Vorgeschichte, einschließlich eines unangenehmen Telefonats mit dem Innenminister.

„Typisch Mykonos. Undankbar und hochnäsig", hatte der Angelos angeblafft.

„Erstens wurden wir nicht gefragt. Zweitens braucht man im Juli eine Stunde von der Chora zum Flughafen. Bei einem Einsatz in der Altstadt viel zu lange! Außerdem scheint jemand übersehen zu haben, dass ich Kommissar und Bürgermeister bin. Ich kann nicht hin und her pendeln!"

„Tja, wie Sie das lösen, ist Ihr Problem", sagte der Innenminister.

„Nun, ganz so ist es nicht. Das Ministerium hat das Grundstück für 1,5 Millionen erstanden. Ein gewisser Herr Ioannis Perikles. Der hat es vom ursprünglichen Besitzer, einem alten Bauern, für 100.000 gekauft. Faktor FÜNFZEHN. Herr Perikles hat dem Bauern ein Schreiben auf dem Briefkopf des Innenministeriums vorgelegt, wonach das Grundstück nicht touristisch genutzt werden darf! Dazu zählen natürlich auch Autovermietungen, die an das Grundstück angrenzen."

Dem Innenminister wurde unwohl.

„Und?"

„Das Schreiben war natürlich Unsinn. Und ich habe ein bisschen nachgebohrt. Herr Perikles arbeitet für eine Holding, deren Besitzer, oh Wunder, Ihre Tochter ist – mit Sitz in Levkosia. Weiterhin …"

„Nikakis, Sie sind eine Eiterbeule. Was wollen Sie?"

„Von mir aus kann die Verkehrspolizei an den Flughafen verlegt werden. Die Zellen nutzen wir auch. Aber die Leitstelle bleibt im Rathaus. Das bekomme ich schriftlich, ansonsten …"

„Deal", lautete des Ministers Antwort.

„Gut. Und Ihre Peugeots können Sie behalten. Damit kämen wir keinen Berg hoch. Wir haben vier SUVs von Mercedes!"

Damit war das Thema beendet. In besagtem SUV bog Angelos rechts ab zur neuen Polizeistation, in der sich die Zellen befanden.

Als er das Gebäude betrat, sahen alle Polizisten auf den Boden.

„Was ist los?", fragte Angelos. „Raus damit!"

Yannis, einer der älteren Beamten, sagte:

„Der Häftling ist tot. Erhängt. Der Neue hat vergessen, ihm den Gürtel abzunehmen. Es war sein erster Nachtdienst!"

„Grundgütiger", fluchte Angelos. „Kostas? Wo ist er?"

„Im Pausenraum. Der ist vollkommen fertig. Sei gnädig!"

„Ich bin doch kein Monster", lautete Angelos´ Antwort.

Als er den Pausenraum betrat, saß dort ein verheulter Kostas.

„Bin ich gefeuert?"

Angelos schüttelte den Kopf.

„Der erste Tote ist immer ein Schock. Aber der Anblick bleibt dir in dem Job nicht erspart. Fehler passieren. Sauer werde ich nur, wenn sie zwei Mal passieren. Und jetzt gehst du nach Hause!"

Zusammen mit Yannis betrat Angelos die Zelle.

Es stank nach Urin und Kot.

„Was machen wir mit ihm?", fragte Yannis.

„Ich würde sagen, dass er Nigerianer ist. Also machst du was?"

Yannis grinste.

„Ich gebe ‚Nationalmannschaft Nigeria' bei Google ein, nehme wahllos einen Vor- und Nachnamen und sage der Botschaft, sie sollen ihn abholen lassen oder sie bezahlen das Sozialgrab!"

„Fast perfekt. Und er hat sich in Ano Mera erhängt und nicht hier", sagte Angelos.

Plötzlich starrte er auf die Hand des Toten.

„Da fehlen zwei Glieder am kleinen Finger!"

„Stimmt. Wie früher bei der Mafia", sagte Yannis.

Das Rätsel dieses kleinen Details sollte sich am Nachmittag klären, an einem ungewöhnlichen Ort.

Danach würde Kommissar Nikakis mehr als beunruhigt sein.

13

„M ist. Das gibt Ärger", sagte Yariv, als er davon hörte, dass sich der Vergewaltiger erhängt hat.

„Nö", meinte Angelos. „Wir wenden die Fußball-Mischmethode an. Ich zahle doch nicht auch noch die Beerdigung für dieses Schwein!"

„Beerdigung ist nun wirklich übertrieben: man wirft ihn in eine Grube und nennt das Sozialbestattung!"

„Früher nannte man das Armengrab. Damals hieß es auch noch Putzfrau und nicht Reinigungsfachkraft!"

„Ludmilla wird sich darüber freuen", meinte Yariv.

„Nein, das glaube ich nicht. Als meine Vergewaltiger starben, empfand ich gar nichts!"

„Du solltest nicht mit ihr sprechen. Sie muss ihre eigenen Erfahrungen machen. Das Wichtigste ist – deine Worte – der Ortswechsel und der erledigt sich von alleine, denn sie ist oder war ohnehin nur auf Besuch. Ich will nicht, dass das Thema jedes Mal in dir hochkocht. Ich rede mit ihr!"

Angelos nickte.

„Morgen kommen ohnehin die Sicherheitsteams. Dann habe ich keine Zeit mehr. Die Herren von den Sicherheitskräften der Palästinenser hätten gerne eine separate Ortsbegehung!"

„Ich wusste gar nicht, dass es in Gaza Sicherheit gibt", spöttelte Yariv. „Oder überhaupt da unten!"

„Es wird eine Farce, die Geld und unsere Nerven kosten wird, aber lamentieren bringt nichts!"

„Ach, übrigens: du hast einen Anruf auf deinem Handy", sagte Yariv.

„Und wer war es?"

„Ich bin nicht ran. Auf dem Display stand: ‚Ziegenhirte'!"

Angelos verdrehte die Augen und sauste hinaus auf die Terrasse.

„Was ist denn jetzt los?", fragte Yariv, aber Angelos hielt den Zeigefinger vor den Mund.

Er tippte auf „Ziegenhirte".

„Merhaba, Herr Nikakis. Ich stelle Sie gleich durch. Exzellenz putzt gerade einen Gouverneur herunter!"

„Na bravo. Hoffentlich passiert mir das nicht auch!"

Die andere Stimme lachte.

„Keine Sorge. Sie scheint er zu mögen – und da gibt es nicht viele."

Es knackte.

Dann hörte Angelos die tiefe Stimme des Sultans persönlich.

„Merhaba, Herr Nikakis!"

„Auch Merhaba. Aber das ,Exzellenz' lasse ich weg. Ich finde, ,Herr Präsident' reicht vollkommen!"

„Respektlos wie immer. Erfrischend. Ich mache heute Nachmittag eine Bootspartie in der Ägäis. Hätten Sie Lust auf einen Besuch? Ich würde Ihnen einen Hubschrauber schicken. Es lohnt sich", sagte die sonore Stimme.

Angelos stöhnte.

„Wegen Ihnen bekomme ich noch eine Anklage wegen Hochverrats!"

„Ach was. Sie sind mein Backchannel nach Athen. So bleibt mir das Gespräch mit Ihrem Premier erspart, der - unter uns gesagt - ein ausgemachter Trottel ist!"

„Über Sie spricht er auch nicht sehr nett!"

Die Stimme lachte.

„Ich weiß. Er nennt mich den ,anatolischen Trampel'!"

„Davon weiß ich nichts", sagte Angelos.

„Sie sind ein schlechter Lügner. Der Hubschrauber kommt um drei. Der übliche Platz ist das Stadion neben Ihrem Haus, oder?"

„Gibt es etwas, was Sie nicht über mich wissen?"

„Das will ich meinem Geheimdienst nicht raten. Bis später, Herr Nikakis!"

Die Leitung war tot.

Yariv schmunzelte.

„Irgendwann stehst du in Athen vor einem Erschießungskommando – wegen Landesverrats!"

„Und du wirst meine Henkersmahlzeit", sagte Angelos.

„Also: du speist frische Baklava auf einer Luxusyacht, während ich mit Palästinensern über die Berge klettere. Wer hat wohl den amüsanteren Nachmittag?"

„Entschuldige, ich mache es heute Nacht wieder gut!"

„Du weißt, was das bedeutet: du kochst und danach lege ich mich aufs Bett und du verwöhnst mich!"

„Du bist der Sultan und ich dein …"

„Sag jetzt nicht Eunuch. Die haben eine hohe Stimme, sind nicht ständig rollig und tragen auch keine Bahnschranke am Körper!"

„Bedeutet das ‚verwöhnen', dass ich meine Schranke …"

„NEIN. Und schöne Grüße an den Sultan!"

14

Der Hubschrauber setzte auf. Die Yacht war nicht das erwartete Luxusboot. Der saudische Kronprinz, aber auch Abu Bakar hatten noch größere schwimmende Paläste.

Der Präsident erwartete Angelos am Fuße der Plattform.

„Merhaba, Herr Nikakis. Willkommen auf meinem bescheidenen Boot!"

„Auch Merhaba. Danke für die Einladung!"

„Kommen Sie. Wir haben einiges zu besprechen", sagte der Sultan und ging voran.

Er läuft wie ein Bauer, dachte Angelos.

Auf dem Oberdeck nahmen die beiden an einem gedeckten Tisch Platz. Yariv hatte richtig geraten: auf der Tafel stand ein Berg Baklava.

„Zunächst möchte ich sagen, dass ich Ihnen sehr dankbar bin, dass Sie verhindert haben, dass der Gipfel auf Kastelorizo stattfindet. Manchmal fragt man sich, ob es in Athen auch Lebensformen mit Gehirn gibt!"

Angelos lachte.

„Bei der Frage sind wir uns einig!"

„Mir persönlich wäre es vollkommen egal, aber: dem türkischen Volk nicht. Es hätte erwartet, dass ich Marineboote schicke, um Stärke zu demonstrieren – der übliche populistische Kram!"

Angelos zog die Augenbraue hoch.

„Tun Sie nicht so überrascht. Auch Sie praktizieren Populismus mit Ihren Attacken gegen Athen. Das ist nichts anderes!"

„Aber ich bin nur ein kleiner Inselbürgermeister und verfüge über keine Armee!"

„Von wegen. Ich kenne die Feuerkraft von Abu Bakars Yacht. Der könnte jede griechische Fregatte versenken. Aber Sie sind aus einem anderen Grund hier!"

„Den ich aber nicht kenne", sagte Angelos.

„Na, was wohl. Diese unsäglichen Friedensverhandlungen auf Mykonos!"

„Lassen Sie mich raten: sie erwarten keine greifbaren Resultate!"

„Das wäre eine Untertreibung. Es wird im besten Falle ein Eklat", sagte der Präsident.

„Und im schlechtesten Fall?", fragte Angelos, kannte aber die Antwort schon.

„Ein Blutbad"

„Und das wäre nicht in Ihrem Interesse", vermutete Angelos.

„So ist es. Auch wenn Griechen die Ägäis als ihr Meer ansehen, ist es auch unser Meer – und ich will dort Ruhe!"

„Abgesehen von türkischen Flugzeugen, die fast täglich in den griechischen Luftraum eindringen", provozierte Angelos den Sultan.

Der lachte.

„Wie immer kein Blatt vor dem Mund. ‚Panem et circensis'. Türken lieben Muskelspiele – und glauben Sie mir: das türkische Volk ist zufrieden!"

„Und abgelenkt von den 20 Prozent Inflation!",
sagte Angelos.

„Vorsicht. Die Baklava könnten vergiftet sein! Aber
zurück zum Thema. Ich möchte Sie warnen: es sind
Leute nach Mykonos unterwegs, denen der Sinn
nicht nach Strand und Party steht!"

„Natürlich. Fatah und die Hamas", sagte Angelos.
Aber der Präsident schüttelte den Kopf.

„Nein. Al Shabbab. Sie kamen als Flüchtlinge
getarnt, aber wir erfassen jeden Flüchtling und
lassen die Fotos durch die Gesichtserkennung
laufen!"

„Respekt. Davon sind wir weit entfernt", gab
Angelos zu.

„Jede neue Regierung in Athen ist schlechter als
das Vorgänger-Regime. Es ist eine Schande. Ich
weiß, dass Migiakis Ihr Freund ist, aber auch er
scheitert an den Verhältnissen!"

Womit du recht hast, dachte Angelos. Die
berühmten griechischen Verhältnisse.

„Aber zurück zu Al Shabbab. Kennen Sie die
Bande?"

„Ich weiß fast gar nichts über die. Islamisten aus
Afrika, oder?"

„Das wäre zu viel der Ehre. Es sind ehemalige
Schläger und Mörder der Warlords in Somalia. Den
Islam tragen sie als Mäntelchen, um ihr
‚Geschäftsmodell‘ zu exportieren. In dreißig Jahren
Bürgerkrieg haben sie jede Hemmung verloren. Ein
widerliches Pack. Leider waren sie in den letzten
Jahren recht erfolgreich. Man hat Tanker
angegriffen – und Schutzgeld erpresst, dann

Menschen entführt – und Lösegeld kassiert. Dann bot man sich als Terrorgruppe an, die besonders rücksichtslos vorgeht!"

„Hört sich nach einem sympathischen Haufen an!"

„Ja. Fünf der Herren sind vor zwei Wochen eingereist, mit einem Flüchtlingsboot. Sie sind von der Gesichtserkennung erfasst worden, aber da hatten sie das Lager bereits mit einem Flüchtlingspapier verlassen. Danach verloren wir die Spur. Bis letzte Woche – und nun die schlechte Nachricht: sie wurden von Kameras erfasst im Hafen von Izmir auf dem Weg zur Fähre nach Samos. Sie haben aber ein Anschlussticket nach Mykonos gekauft. Bestimmt nicht, um dort Urlaub zu machen", sagte der Präsident.

„Unsere Grenzbehörden haben Sie nicht verständigen lassen?"

„Was mache ich denn gerade? Wie gesagt: Bombenleger, Mörder, Vergewaltiger, schlimmster Abschaum!"

„Haben Sie zufällig die Bilder der Gesichtserkennung?"

Der Präsident lächelte und hielt einen USB-Stick in die Höhe.

„Vielen Dank für Ihre Warnung", sagte Angelos.

„Ach, noch eines: die Jungs gehörten früher zur Truppe eines Warlords namens Mardoobe. Und als Zeichen ihrer Treue musste sie sich zwei Glieder des kleinen Fingers abhacken lassen!"

Beim letzten Satz wurde Kommissar Angelos Nikakis übel.

„Sie sind ja ganz bleich!"

„Tja. Ich glaube, wir hatten die Jungs schon – und haben sie laufen lassen! Nun, dann mache ich mich mal auf den Rückweg und halte Ausschau nach Somalis. Teschekür edemir!"

Der Präsident lächelte.

„Wissen Sie: Moses hat den Pharao auch gewarnt, bevor die Plagen über ihn kamen!"

Angelos lachte.

„Ich hoffe, der Pharao von Mykonos hat mehr Glück als sein Vorgänger!"

„Ich werde auf einen Berg steigen und die Arme ausbreiten. Vielleicht hilft es Ihnen!"

„Ziemlich viele christliche Analogien für einen Moslem", sagte Angelos.

„Junger Freund: Moses ist einer der höchsten Propheten im Islam. Kalim Allah. ‚Der, durch den Gott spricht'. Zweitens: ich bin immer das, was mir nützt. Papst, Dalai Lama oder Kalif. Guten Flug!"

Sprach's und verschwand.

15

Mykonos, Ornos

Oh Mist. Das bedeutet, ich hab´s verbockt", sagte Yariv.

„Wenn, dann waren das wir beide. Und wir hatten Glück. Die Jungs waren perplex, hatten die Hosen unten und die Waffen lagerten ohnehin woanders. Sonst hätten die uns platt gemacht – du hattest zwei Glock in der Hand und hättest dennoch keinen getroffen. Heutzutage zieht man keine zwei Revolver mehr", erwiderte Angelos.

„Ich fasse es trotzdem nicht. Die riskieren ihre ganze Mission, nur weil sie ficken wollen? Allah würde das nicht gefallen!"

„Mit Allah haben die nichts am Hut. Das sind Auftragsterroristen. Und wahrscheinlich haben die schon Wochen keinen mehr weggesteckt. Irgendwann wird das Gehirn trübe!"

Yariv lachte.

„So wie bei dir jede Nacht!"

„Sehr witzig", knurrte Angelos.

Kurz darauf vibrierte sein Handy. Es war Migiakis.

„Na, das ging aber schnell", sagte Angelos.

„Tservakis, der Geheimdienstchef, war hier. Er hat mir berichtet, ein türkisches Flugzeug sei in unseren Luftraum eingedrungen und unter dem Radar bis Mykonos geflogen. Er meinte, man solle dich endlich wegen Hochverrats vor Gericht stellen", meinte Migiakis amüsiert. „Du hattest nicht in Erwägung gezogen, mich in Kenntnis zu setzen?"

„Nö. Warum auch? Muss ich jedes Kaffeekränzchen anmelden?"

„Kommt auf die Besetzung an. Was wollte der anatolische Trampel denn?"

„Er hat mich vor einer Terrorgruppe gewarnt, die schon auf Mykonos ist! Und er hat es vorgezogen, es mir direkt zu sagen, anstatt mit dem ausgemachten Trottel in Athen zu telefonieren!"

Dass er schon Kontakt mit den Attentätern hatte, ließ Angelos unter den Tisch fallen.

„Um Gottes Willen. Der IS?"

„Nein. Al Shabbab. Somalis!"

„Angelos, es darf nichts schiefgehen. Ein Anschlag hätte katastrophale Folgen. Denk an unser Ansehen in der Welt!"

„Welches Ansehen? Gehörst du auch zu den Idioten, die glauben, die Welt bewundert uns immer noch als Erfinder von Demokratie und Philosophie? Unser Ruf ist eine Mischung aus Unfähigkeit, Korruption und Faulheit!"

„Vielleicht sollte man dich doch vor Gericht stellen", grantelte Migiakis. „Gut, ich werde unseren Geheim…"

„Das lässt du schön bleiben. Diesen korrupten Haufen aus Athen brauche ich garantiert nicht. Geht etwas schief, kannst du die Schuld auf mich schieben. Und jetzt lässt du mich bitte arbeiten!"

Angelos verdrehte die Augen und wischte Migiakis weg.

„Sollten wir die Bruchbude von denen noch einmal auf den Kopf stellen?", fragte Yariv.

„Nein. Da war nichts. Die sind längst in einem Ausweichquartier und das werden sie nicht verlassen!"

„Also bringt es auch nichts, alle Afrikaner auf der Insel zu kontrollieren, ob sie noch zehn komplette Finger haben", sagte Yariv.

„Nein. Wie war dein Nachmittag?"

„Deiner war sicher gemütlicher. Der Sicherheitschef aus Ramallah bezeichnete den aus Gaza als Sohn einer Schlange, die im Arsch von Teheran steckt. Der wiederum beschimpfte den anderen als Marionette der jüdischen Besatzer. Sie bestanden sogar auf separaten Fahrzeugen!"

Angelos lachte.

„Vielleicht sollten die ersten Verhandlungen zwischen denen stattfinden. Und Yossi?"

„Hat amüsiert zugesehen. Und Stacheldraht über den ganzen Berg legen lassen!"

Angelos schüttelte den Kopf.

„Die Herren Attentäter sind alle jung und durchtrainiert. Die springen locker über den Draht. Außerdem haben wir Nachtsichtgeräte!"

„Er kommt später vorbei. Er muss Quartier vor Ort beziehen, dadurch fehlt aber im ‚Seaside' ein Zimmer für den Dolmetscher. Er meinte, wir würden sehr angetan sein", sagte Yariv.

16

Östlich von Athen

Die Fähre von Rafina nach Mykonos hatte gerade abgelegt. David Stern wartete, bis sich das übliche Gewusel an Bord einer viel genutzten Fähre etwas gelegt hatte. Die Passagiere, die Ruhekabinen gebucht hatten, waren in ihren Kojen verschwunden. Es war ruhig auf dem Gang.

Stern verließ Kabine Nr. 12, sah sich nach beiden Seiten um. Die Luft war rein.

Er ging zu Nummer 8 und klopfte.

Die Türe öffnete sich einen Spalt.

Stern sagte leise:

„Gott ist unsere Zuflucht und Stärke!"

Eine dunkle Stimme antwortete ihm:

„Ein bewährter Helfer in Zeiten der Not."

Die Türe öffnete sich ganz und David Stern verschwand in Kabine Nummer 8.

Er umarmte den Mann herzlich.

„Karim. Salam Aleikum. Möge der Herr mit dir sein!"

„Aleikum Salam, David. Und: Shalom. Allah hat uns zusammengeführt und mein Herz ist voller Freude. Vielleicht war es aber auch Gott", sagte Karim und grinste.

Er und David Stern hatten sich schnell angefreundet. Sie waren Brüder im Geiste, wenn auch mit komplett verschiedener Verwurzelung.

„Ich muss sagen, Rabbi, dass du ohne Schläfenlocken und breitem schwarzen Hut vollkommen anders aussiehst!"

„Das Kompliment könnte ich zurückgeben. Ohne dein Arafat-Tuch und dem Bart könnte man dich für einen friedlichen Griechen halten!"

Beide lachten.

„Du bist sicher, dass dir niemand gefolgt ist?", fragte Karim.

David Stern lachte.

„Zweifellos seid ihr mehr im Licht der Öffentlichkeit als wir, aber du solltest daraus nicht schließen, dass wir weniger professionell sind!"

„Ich bitte um Verzeihung, mein Freund. Wir wissen, dass du und deine Freunde aufrichtige Kämpfer für unsere gemeinsame Sache seid. Aber mancher in unserer Gruppe kann nicht glauben, dass Juden, noch dazu orthodoxe, den eigenen Staat bekämpfen und mit uns zusammenarbeiten. Sie haben Schwierigkeiten, Vertrauen zu fassen!"

David lachte.

„Wir sagen es seit über 70 Jahren, aber man nimmt es nicht zur Kenntnis. Wir lehnen diesen Staat ab. Keiner von uns leistet Wehrdienst, weil wir diesen Staat für illegitim halten. So wie ihr. Nur sind unsere Beweggründe andere: Nur Gott und der Messias können Erez Israel ausrufen und verwirklichen. Es hat lange gedauert, bis ich meine Freunde überzeugen konnte. Aber das Sprichwort ‚Der Feind meines Feindes ist mein Freund' trifft nirgendwo so zu wie im Nahen Osten. Wir träumen von Erez Israel, ihr von einem Staat Palästina. Aber wir sind uns einig, dass der Staat Israel verschwinden muss, vor allem diese Mischpoke, die sich Regierung nennt. Das Letzte, was wir wollen, ist, dass es zu einem Frieden kommt, was immer das auch sein mag. Und ich habe dich so verstanden, dass du es genauso siehst!"

Karim nickte.

„Unsere beiden Regierungen sind korrupt und Verräter an der eigenen Sache. Die Entscheidung möge auf dem Schlachtfeld fallen und Allah – oder Gott – wird des Siegers Schwert führen. Dann werden sich unsere Wege leider trennen, Rabbi!"

„Damit kann ich leben. Aber bis zu diesem Punkt gehen wir Hand in Hand. Außerdem haben wir noch mehr Gemeinsamkeiten. Zum Beispiel, dass wir den Ort dieser Farce hassen. Ein Ort der gottlosen Zügellosigkeit, regiert von einem Sodomiten!"

„Mykonos unterscheidet sich nicht sehr von Tel Aviv", entgegnete Karim.

„Auch da stimme ich dir zu. Ich war seit zwanzig Jahren nicht mehr in Tel Aviv. Es ist eine gottlose Stadt. Aber auch die islamische Welt hat ihre Sündenpfuhle – oder hältst du das Treiben in Dubai für gottesfürchtig?"

„Touché, Rabbi. Wir sind uns doch im Grunde einig. Wollen wir die Details noch einmal durch-sprechen? Es ist wichtig, dass diese Witz-Veranstaltung zu einem Fiasko wird!"

Der Rabbi lächelte.

„Fiasko ist zu wenig. Es muss eine Katastrophe werden, damit dieser sogenannte Dialog auf

Jahrzehnte unmöglich wird. Erst dann können wir uns beide auf den wahren, ehrenhaften Kampf vorbereiten!"

„Nun, ich hoffe, du kannst dich angesichts der Lasterhaftigkeit auf dieser Insel im Zaum halten. Nicht, dass du als tobender Rabbi festgenommen wirst, weil du einem schwulen Pärchen an die Gurgeln gehst!"

David Stern lachte.

„Keine Sorge, Karim. Ich habe sogar eine Badehose, ein Badetuch und Sonnenöl dabei!"

Karim lachte.

„Bitte mach mir die Freude und schick mir Abzüge der Fotos!"

Der Rabbi lächelte.

„Wollen wir die Details absprechen? Die Aufgabenteilung ist ja klar: Ihr kümmert euch um Yossi Cohen. Wie sehen eure Pläne aus?"

„Nur so viel: es wird schnell und schmerzlos vonstattengehen. Vielleicht geht es auch als Unfall durch! Das würde den Rest nicht so aufschrecken!"

„Hervorragend. Leider befürchte ich, dass unsere Aktion gegen Nikakis keine schnelle Angelegenheit wird."

„Wieso das denn?"

„Unser Spezialist arbeitete beim Mossad. Er war drei Jahre in Syrien, bis ihn Baschars Häscher zu fassen bekamen!"

„Und er hat das überlebt? Erstaunlich!"

„Nun ja. Er wurde zwei Jahre gefoltert und in syrischen Gefängnissen sind bekanntlich nur Sadisten am Werk. Aber ihm gelang die Flucht!"

„Aus einem syrischen Gefängnis?"

„Er hat sich auf einem LKW mit Leichen versteckt. Aber er ist nicht mehr derselbe. Alles, was er in Syrien erlebt hat, wendet er nun selbst an! Aber er ist der Beste!"

„Dann wird Herr Nikakis einen äußerst unange-nehmen Abend erleben. Aber es zählt nur das Ergebnis. Sowohl die Israelis als auch die Griechen werden vergeblich nach ihren Chefs suchen. Am nächsten Tag kommen die Delegationen und werden dann von Nachrangigen bewacht – was von entscheidender Bedeutung ist! Damit die ‚Engel der Finsternis' Allahs Werk vollenden können! Und du bist sicher, dass dieser Daniel keinerlei Verdacht schöpft?", fragte Karim.

„Nein. Er hält uns nach wie vor für die Hamas", antwortete der Rabbi vergnügt.

„Aber ihr verlasst euch doch hoffentlich nicht allein auf Daniels Künste!"

„Künste würde ich diese Perversitäten nun wirklich nicht nennen", knurrte Stern.

„Gut. Nikakis ist eure Sache, Cohen unsere. Was machen unsere Freunde aus Somalia?"

„Freunde? Das ist übelstes Gesindel. Mörder ohne jede Überzeugung. Du kannst nicht davon ausgehen, dass die irgendetwas mit dem Islam im Sinn haben. Für die zählt nur Geld!"

„David, ich kenne diese Männer. Sie sind ja auch nur Kanonenfutter!"

„Teures Kanonenfutter", murrte Stern.

„Dienstleistungen dieser Art kosten Geld. Aber sie sind sehr effizient", sagte Karim. „Im Übrigen weißt du, dass sie nur Statisten sind. Ihr Name wird hinterher nicht erwähnt werden!"

„Ich bitte darum", sagte Stern.

„Noch eines, auch wenn ich mich wiederhole: ihr habt keine Probleme damit, dass der Anschlag uns, also der Hamas, zugeordnet wird und wir ein Bekennervideo veröffentlichen werden?"

„Karim, das ist doch längst geklärt. Uns liegt nichts am weltlichen Ruhm. Allein Gott ist unser Zeuge und wird uns belohnen!"

„Wir stehen mit dem Rücken zur Wand und unsere Unterstützer bestehen auf dem üblichen Rummel. Allah wird es uns verzeihen, denn wir arbeiten hart für seinen Sieg!"

„Jeder für seinen Gott. Wer weiß, vielleicht ist er derselbe?", sagte Rabbi Stern. „Habt ihr nun festgelegt, wann der finale Schlag erfolgt?"

„Keine Sorge. Du und deine Leute verschwinden laut Vereinbarung nach der Nikakis-Aktion, richtig?"

Der Rabbi nickte.

„Ein Boot steht bereit, ja. Dennoch wäre es schön zu wissen, wann es kracht. Ich möchte vor dem Fernseher sitzen, wenn es knallt. Und die panischen Gesichter sehen!"

Karim lachte.

„Kalim Allah hat euch doch das Töten verboten!"

„Überlass Moses in diesem Falle uns. Die Regel kennt – wie alle Regeln – Ausnahmen!"

„Allah - oder Gott - schütze die Theologen", meinte Karim. „Aber natürlich sage ich dir Bescheid, dass du es dir vor dem Fernseher bequem machen kannst – mit einem Teller Hummus!"

„Siehst du, auch das haben wir gemeinsam: wir beide lieben Kichererbsen! Dann mögen die Mission ‚Engel der Finsternis' beginnen!"

17

Mykonos, Ornos

Es war gegen 21 Uhr als Yossi endlich in Ornos eintraf – in Begleitung eines jungen Mannes, wobei Yariv sich bezüglich des Alters nicht sicher war.

Anfang zwanzig.

Keine klassische Schönheit, dazu war das Gesicht zu rund und die Stirn etwas zu hoch. Doch dann begann Daniel Dimas zu lächeln.

„Hallo, ich bin Daniel, der Dolmetscher. Und Ihr Hotelgast!"

Auch Yariv spürte ein gewisses Kribbeln, Doch er wusste, dass dieser Junge eine große Herausforderung sein würde. Nicht für mich, dachte er, aber für Angelos.

Daniels Hundeblick mit seinen Knopfaugen kommt fast an meinen heran – und dieser Blick funktionierte bei Angelos immer noch.

Kam nur der Funke eines Streits auf, griff Yariv auf seine Geheimwaffe zurück – mit dem immer gleichen Ergebnis: Angelos musste lachen.

Angst hatte Yariv keine – er war sich seiner sicher. Aber Angelos´ Kampf mit sich selbst würde spaßig anzuschauen sein.

„Angelos ist schon fleißig am Grillen", sagte Yariv. Und das erste T-Bone-Steak würde garantiert verkohlen, weil Angelos eine Art Lähmung befallen würde.

Schon an Angelos´ Blick konnte Yariv sehen, dass er recht hatte. Angelos starrte Daniel regelrecht an. Und der Junge strahlte über das ganze Gesicht.

„Setzt euch", sagte Yariv und zwinkerte Angelos zu. Der wiederum verdrehte die Augen.

„Ich habe noch zwei Notstromaggregate bestellt", sagte Angelos.

„Eines für das ‚Solymar', gut. Und das zweite?"

„Nein, Yossi. Für das ‚Solymar' brauchen wir keins. Fällt dort tagsüber der Strom aus, ist das kein Problem. Es bleibt maximal die Küche kalt. Aber nachts ist ein Stromausfall gefährlich, deswegen brauchen wir sie in den Hotels, in denen die Delegationen wohnen. Vielleicht bekomme ich noch ein kleines für das ‚Seaside', in dem du wohnst!"

„Darum arbeite ich so gerne mit dir zusammen. Vergesse ich etwas, bist du zur Stelle!"

„Wenn man dich mit Notstrumpf ... quatsch, Not-
stromapparat...äh...Aggregaten derart glücklich
machen kann", stammelte Angelos.

Yariv musste lachen, denn er wusste, warum
Angelos ins Stottern gekommen war. Daniel hatte
seine Kronjuwelen geordnet.

„Das ist wahrscheinlich der letzte ruhige Abend",
seufzte Yossi.

Und selbst der wird nicht ruhig, vermutete Yariv, nur
bezog sich die Vorahnung auf etwas anderes.

„Ich denke, morgen Nachmittag machen wir
einen letzten gründlichen Rundgang mit den
Hunden und testen die Technik. Die Delegationen
kommen übermorgen Mittag, oder?", fragte
Angelos.

„Dem Plan nach: ja. In drei Privatmaschinen. Die
Palästinenser kommen getrennt", sagte Yossi
kopfschüttelnd.

„Von mir aus können alle drei sofort wieder
zurückfliegen", knurrte Angelos.

„Du hast doch Mykonos als Ort vorgeschlagen,
oder täusche ich mich da?"

Angelos´ Kopf lief rot an.

„Falsches Thema", ging Yariv dazwischen.

„Kleiner, wir räumen ab", sagte Angelos zwei
Stunden später.

Kaum in der Küche angelangt, zog Angelos an
Yarivs linkem Ohr.

„Du kleiner Scheißkerl, warum grinst du die ganze
Zeit? Ich gebe dir selbst die Antwort: du machst
dich über mich lustig!"

Yariv prustete los.

„Es ist einfach zu süß. Du schaust ihn verstohlen an, stotterst .. Es ist wie bei mir. Ich habe in Bezug auf Hundeblicke einen sehr fähigen Rivalen. Kaum zu glauben, dass er dreißig ist. Ich hatte ihn auf 20 geschätzt!"

„Ich auch. Das liegt an den Knopfaugen und dem unbefangenen Lachen. Aber ich muss dir sagen: du täuschst dich. Oder glaubst du, ich würde in unserem Haus einen anderen Mann anbaggern?", fragte Angelos.

„Du tust es – aber unbewusst. Und ich finde es nicht schlimm. Er hat tatsächlich was an sich, was auch ich reizvoll finde. Aber ich bin weder sauer noch eifersüchtig. Außerdem hast du damit angefangen!"

„Unnötigerweise. Daniel kommt ins Gästezimmer und wir vergnügen uns im Schlafzimmer", sagte Angelos.

Yariv schmunzelte.

„Irgendetwas sagt mir, dass es sich anders entwickelt!"

„Aber nur, wenn du einverstanden bist. Sagst du ‚nein‘, bleibt die Türe zu. So einfach ist das!"

„Hm. Du bist bisher der einzige Mann, mit dem ich Sex hatte!"

„Nachdem du schändlich viele Jahre mit Hetero-Sex verbracht hast. Pfui", meinte Angelos und grinste.

„Ich wurde unter Einsatz großer Geschütze zum Wechsel gezwungen!"

„Ah. Du wurdest gezwungen. Soso. Das habe ich anders in Erinnerung. Und mich auf das große Geschütz zu reduzieren, ist nicht gerade nett!"

„Ah. Jetzt kommt das, was mir der Profiler empfohlen hat: du bist der schönste und cleverste Mann der Ägäis. Und deine Artilleriestellung ist uneinnehmbar. Gut so?", fragte Yariv und lachte.

„Irgendwie höre ich da leichte Ironie heraus…"

„Niemals. Ich bin bei dir und glücklich. Reicht das nicht? Ich bin nicht mal beunruhigt, wenn eine Kopie von mir hier auftaucht, weil ich dir uneingeschränkt vertraue – trotz der Versuchung!"

18

Gegen Mitternacht lagen Yariv und Angelos im Bett. Yossi hatte sich eine Stunde vorher verabschiedet.

„Wollen wir wetten, ob es gleich klopft?", fragte Yariv.

„Eher nicht. Ich halte dagegen. Ich kann trotzdem ruhig schlafen", sagte Angelos.

Eine Minute später hatte Yariv die Wette gewonnen.

Daniel stand nackt in ihrem Schlafzimmer und grinste.

„Wenn ich schon auf Mykonos bin, möchte ich auch etwas erleben!"

„Gehören wir beide zu den Sehenswürdigkeiten der Insel?", fragte Angelos.

„Aber sowas von", sagte Daniel. „Darf ich?"

„Bitte gern", sagte Yariv, „aber du solltest wissen, worauf du dich einlässt!" Dann zog er Angelos die Decke weg.

Daniel bekam Stielaugen.

„Autsch", sagte er.

„Eher Doppel-Autsch", meinte Yariv vergnügt.

„Geht das überhaupt anatomisch?", fragte Daniel.

„Ich lebe noch, wie du siehst!"

„HALLO? Ich bin auch noch da. Und ich möchte nicht reduziert werden auf …"

Daniel lachte.

„'Reduziert' ist in diesem Zusammenhang eindeutig das falsche Wort!"

„Na dann: herzlich Willkommen auf Mykonos!"

Zwei Stunden später fühlte sich Daniel Dimas als wäre er zuerst von einem Zug überfahren, dann von einer Straßenwalze plattgemacht und anschließend mit einem Rüttler zerteilt worden.

Und offensichtlich bewusstlos.

Yariv grinste.

„Der Ärmste muss übermorgen, nein, morgen arbeiten. Hoffentlich hast du nicht sein Sprachzentrum zerstört!"

„So weit hoch komme ich dann doch nicht", entgegnete Angelos. „Und du? Hat es dir Spaß gemacht?"

„Schon. Aber du reichst mir vollkommen aus!"

„Er hat sich deutlich mehr mit dir beschäftigt", meinte Angelos.

„Stimmt. Das kratzt aber nicht an deiner Eitelkeit, oder?"

„Nicht im Geringsten. Ich kann ihn verstehen: schließlich habe ich dich geheiratet. War ich bei ihm zu heftig?"

„Sagen wir es so: er weiß jetzt, wie es ist, ins Koma gefickt zu werden!"

„Bitte nicht mehr ficken", murmelte Daniel im Schlaf.

Angelos und Yariv prusteten los.

„Du könntest morgen mit Daniel ein bisschen was unternehmen. Paradise, dann in die Stadt. Ich muss mit Yossi die Begehung machen und das dauert Stunden. Mit Sicherheit bis in die Nacht", sagte Angelos.

Yariv nickte.

„Wenn er denn noch laufen kann!"

19

Yariv konnte sich ein Schmunzeln nicht verkneifen.

Vom Auto bis zum Super Paradise lief Daniel wie auf rohen Eiern, sobald sie aber den Strand erreichten, drückte er das Kreuz durch und schritt mit leicht wackelndem Po die Reihe der Sunbeds entlang.

Du hast das Prinzip schnell verstanden, dachte Yariv.

Show. Ich werde es nie verstehen. Ich musste Gott sei Dank nie solche Orte aufsuchen. Es ist eine Fleischbeschau, die weit jenseits dessen liegt, was Heteros am Ballermann zelebrieren. Besonders amüsierte sich Yariv über den fast pathologischen Jugendwahn. 40-jährige Männer, die sich kleideten, als wären sie 25. Und zu Dua Lipa tanzten, aber leider vollkommen außer Takt.

Daniel hingegen gefiel, was er sah.

Die zwei belegten ein Doppel-Bed am hinteren Ende. Dort konnte man sich wenigstens halbwegs normal unterhalten.

„Danke, dass du mir die Insel zeigst", sagte Daniel. „So etwas wie hier habe ich noch nie gesehen. Sicher, ich bin oft am Hilton Beach in Tel Aviv – aber das hier ist wirklich … geil!"

„Du musst dich bei Angelos bedanken. Es war seine Idee. Keiner würde sich Gedanken darüber machen, ob ein junger Dolmetscher etwas von der Insel sieht!"

„Stimmt. Dann schicke ich ihm jetzt ein Fern-
Danke!"

„Außerdem mag er dich", sagte Yariv.

„Das habe ich gestern gemerkt"

Yariv lachte.

„Den Einsatz zeigt er immer!"

„Es tat richtig weh, aber es war irgendwie ein
schöner Schmerz", sagte Daniel. „Wie viele
Männer hattest du vor Angelos?"

„Keinen. Angelos war mein erster. Ich dachte
immer, ich bin hetero. So kann man sich
täuschen!"

„Wow. Und reizen dich Frauen überhaupt noch?"

„Nein. Mich reizen normalerweise aber auch keine
anderen Männer!"

„Dann hatte ich ja gestern richtig Glück", sagte
Daniel und grinste.

„Kann man so sehen! Nun lauf endlich Parade,
damit dich alle sehen können!"

Daniel legte sich ins Zeug und zog die Blicke der
anderen Männer auf sich.

Lachend kam er zurück.

„Ich glaube, ich hätte Chancen!"

Yariv grinste.

„Mein Ehemann war sichtlich angetan und er hat
bekanntlich einen guten Geschmack. Mich
wundert nur, dass du in keiner Beziehung lebst. Du
könntest es jederzeit bei deinem Aussehen. Noch
eine Stunde hier und du bekommst haufenweise
Anträge. Allerdings halten Mykonos-Beziehungen
erfahrungsgemäß nicht lange!"

„Außer eurer. Ich bin wirklich nicht neidisch, aber es scheint, als ob ihr euch immer einig seid!"

„Das Geheimnis – neben der Grundvoraussetzung Liebe – sind klare Regeln. Bei Ermittlungen entscheidet Angelos, bei häuslichen Dingen ich. Wir streiten eigentlich nur, wenn Angelos einen Action-Anfall hat und sich darum bemüht, sich eine Kugel einzufangen. Aber er bessert sich. Mitunter zieht er neuerdings sogar eine schusssichere Weste an!"

„Aber der Sex zählt nicht zu den häuslichen Dingen, die du entscheidest, oder?", fragte Daniel mit schelmischem Blick.

Der Junge hat tatsächlich was, dachte Yariv.

„Da verfügt Angelos über ein gewisses Druckmittel, dem man sich nicht entziehen kann – oder will. Aber das weißt du seit gestern schon!"

„Ich hab ein bisschen ein schlechtes Gewissen. Wir liegen hier am Strand und Angelos und Yossi müssen über Stock und Stein Berge hochlaufen", sagte Daniel.

Yariv fing an zu lachen.

„Mach dir mal um den Herrn Kommissar keine Sorgen. Er hat vorhin noch herumtelefoniert, dass man ihnen die leistungsstärksten Quads bereitstellt. Und jetzt stellst du dich auf 'nen Cappuccino an die Bar. Mal sehen, was passiert!"

Zwanzig Minuten später hatte Daniel vier Einladungen für die Nacht und sechs Telefonnummern erhalten, nicht zu sprechen von den zwölf Selfies, für die er posieren sollte.

Dennoch fiel Yariv auf, dass immer wieder für einen kurzen Moment ein Schatten über Daniels Gesicht wanderte. Irgendetwas stimmt nicht mit ihm – andererseits geht es mich nichts an, dachte er.
Will er darüber reden – gut. Wenn nicht – sein Bier.

Als er wieder zum Sunbed zurückkam, lächelte Daniel und wedelte mit den Zetteln.
„Hinzu kommen fünf Hände an meinem Hintern, einer hatte seine Pranke sogar in die Hose wandern lassen. Krass!"
„Der Flug von Tel Aviv dauert 90 Minuten, also …
aber mir dröhnt langsam der Kopf. Außerdem bin ich hungrig. Gehen wir in die Chora", sagte Yariv.
„Wohin?"
„In die Altstadt. Fisch?"
„Auf jeden Fall!"

20

Yariv und Daniel absolvierten das große Programm: Sundowner im „Caprice", Windmühlen, Matogianni und dann zeigte Yariv dem Gast seine Galerie.
„Wow. Du hast echt Talent. Und offensichtlich finden das andere auch. An den meisten hängt das ‚Sold'-Schild. Oder ist das ein Trick?"
Yariv lachte.

„Bei den ersten Bildern hat Angelos einige Leute genötigt zu kaufen. Aber dann kamen die Kunden auch ohne vorgehaltene Pistole! Lass uns Essen gehen!"

Die beiden gingen zurück zur Promenade und landeten im „Kavos", dem beliebten Fisch-Restaurant direkt an dem Fußweg zum Alten Hafen.

Viele Menschen werden durch Alkohol fröhlicher oder gelöster. Einige aber verfallen in Schwermut und Depression, immer abhängig von der Menge. Daniel Dimas gehörte zur zweiten Gruppe.

Nach dem zweiten Glas Wein und dem unvermeidlichen Ouzo kamen die Schatten auf Daniels Gesicht zurück. In jeder Gesprächspause fielen seine Mundwinkel Richtung Süden.

„Was ist? Raus mit der Sprache", sagte Yariv.

Daniel zögerte.

„Ich .. ich bin nicht zufällig hier", sagte er.

„Natürlich nicht. Du bist Dolmetscher bei der Konferenz!"

„Ja. Nein!"

Daniel seufzte.

„Ich bin verliebt und habe seit zwei Jahren eine Beziehung. Er heißt Hassan und ist Palästinenser!

„Aber das ist doch großartig. Warum hast du uns nichts gesagt?"

„Weil …weil er entführt wurde und noch immer in den Händen der Entführer ist!"

„Was bitte? Und wer hat ihn entführt? Und was wollen sie?"

Daniel begann zu schluchzen.

„Die Hamas. Der ursprünglich vorgesehene Über-setzer hatte vor zwei Wochen einen Verkehrsunfall. So kam ich überhaupt erst ins Spiel!"

„Die Hamas? Und du hast es nicht für nötig befunden, uns oder Yossi …"

„Wenn jemand Angelos entführen würde, dann würdest du alles tun, um ihn zu retten. Da bin ich mir absolut sicher. Wenn es einer versteht, dann du!"

„Und was wollen sie? Sollst du eine Bombe ins ‚Solymar' werfen?", fragte Yariv.

Daniel zögerte.

„Ich sollte dich anbaggern, Zwietracht sähen, für Streit mit Angelos sorgen. Jeder sieht, dass Angelos nur mit dir funktioniert. Ein Angelos, der glaubt, er könnte dich verlieren, ist nicht in der Lage, die Konferenz zu schützen. Das war mein Part, aber ich kann es nicht. Erstens passt zwischen euch kein Blatt Papier. Außerdem wart ihr richtig nett zu mir. Und ich meine jetzt nicht die Nacht. Ach ja. Eines habe ich vergessen: auf meinem Handy ist ein Störsender!"

Erst jetzt fiel Yariv auf, dass andere Gäste an ihren Smartphones herumfummelten.

Niemand hatte Empfang.

Yariv schaute auf sein Handy. Ihn hatte schon gewundert, dass sich Angelos nicht gemeldet hatte. Er griff nach Daniels Handy und zerlegte es. Dann schmiss er es in weitem Bogen ins Meer.

Plötzlich zeigte Yarivs Handy zwei Anrufe und vier SMS an. Er tippte auf Angelos´ Nummer.

Keine Antwort.

Dann begriff Yariv.

„Du dummes Arschloch. Du solltest nur eines machen: dafür sorgen, dass Angelos alleine ist!"

„Was?", fragte Daniel verwirrt.

„WIR FAHREN SOFORT NACH HAUSE. UND DJ KOMMST MIT!"

Yariv stieß den Stuhl um und rannte Richtung Parkplatz.

21

Es war gegen 20 Uhr 30, als Angelos wieder zuhause in Ornos eintraf. Das Haus war leer. Gut, die beiden sind nach dem Strand noch zu einem Stadtbummel aufgebrochen.

Sein Nachmittag war weniger unterhaltsam. Stundenlang hatten er und Yossi die Absperrungen kontrolliert. Den Berg Richtung Elia hinauf schafften die Quads nicht und so mussten sie teilweise kraxeln. Dann verteilten sie noch die Passierscheine für die Anwohner.

Gegen 21 Uhr schickte Angelos die erste Textnachricht an Yariv. Keine Antwort.

Komisch. Yariv antwortet immer. Vielleicht ist der Akku leer? Nein, er hatte ihn vormittags geladen.

Gegen 22 Uhr hatte Angelos die fünfte Zigarette geraucht. Und ihm fiel ein, dass sich Daniel in der Nacht zuvor eindeutig mehr um Yariv gekümmert hatte.

Unsinn. Wenn jemand treu ist, dann Yariv.

Aber warum zum Teufel antwortete er dann nicht?

Er rief Yariv an. Mailbox.

In Angelos Kopf´ begann es zu rattern. Was, wenn er doch …?

Gegen 23 Uhr hörte Angelos ein Fahrzeug, das vor dem Haus hielt.

Endlich.

Er ging zur Haustüre, öffnete sie – und dann traf ihn von der Seite ein Schlag.

22

Yariv Nikakis war an sich ein defensiver Fahrer – ganz im Gegensatz zu seinem Ehemann, der ständig zu schnell fuhr.

Aber an diesem Abend raste Yariv durch die Stadt. Mit siebzig Stundenkilometern preschte der Wagen auf den Fabrika-Platz zu. Daniel hielt sich krampfhaft am Haltegriff fest.

„Langsamer", schrie er.

„Maul halten", brüllte Yariv zurück.

Von rechts bog ein Linienbus auf die Hauptstraße ein. Hinter dem Bus überquerte eine Gruppe Touristen die Straße.

Doch Yariv gab immer noch Gas.

Der Busfahrer trat auf die Bremse. Er wusste, dass auf den Straßen von Mykonos manch Irrer unterwegs war, meist unter Alkohol- und Drogeneinfluss.

Weniger vorausschauend verhielten sich die Fußgänger. Spät erkannten sie die Gefahr und sprangen auf die andere Seite.

Selbst Yariv war sich nicht sicher, ob er heil durchkommen würde. Er schloss die Augen und wartete auf den Knall. Aber es passierte nichts.

„Du bist verrückt", schrie Daniel. „Da hätten Menschen sterben können!"

Yariv sagte nichts und gab Gas.

Viel zu schnell preschte er die Uferstraße entlang. Mehrmals brach das Fahrzeug aus.

Auf Höhe des Kitesurfer-Strandes riss er das Lenkrad nach rechts.

Vor ihrem Haus bremste er so scharf, dass der Wagen auf dem Sand schlitterte. Noch bevor das Fahrzeug stand, sprang Yariv aus dem Auto, rannte zur Haustüre, riss sie auf und schrie: „Angelos!"

Aber er bekam keine Antwort.

Yariv ging in die Küche und ihm wurde kalt.

Auf dem Tisch lag das Päckchen Gauloises.

Angelos verließ das Haus nie ohne seine Zigaretten.

Wütend drehte er sich um und starrte Daniel an.

„Wenn ihm irgendetwas passiert, dann gnade dir Gott!"

„Ich w-wusste davon nichts", stammelte er.

Yariv griff in die Schublade und holte die Glock heraus.

„Die Treppe hoch!"

„Bist du ganz übergeschnappt?", rief Daniel, aber er folgte Yarivs Anweisung und ging nach oben.

„Ins Gästezimmer!"

Hinter Daniel sperrte er die Türe ab.

Zurück in der Küche, versuchte Yariv sich zu sammeln.

Beruhige dich. Du wirst ihn finden, denn er trägt einen Sender. Eines der Spielzeuge, die Angelos Yossi abgeschwatzt hatte.

Winzig und in der Falte hinter den Ohren fast nicht zu sehen.

Aber Yariv zögerte. Was, wenn ich jetzt das Programm öffne und es blinkt nichts?

Dann war es das wohl.

Ängstlich griff er zum Notebook und klickte auf das Icon. Das Fenster öffnete sich.

Und es blinkte.

Yariv atmete auf. Gott sei Dank habe ich ihn gestern überredet, sich das winzige Plättchen hinters Ohr zu kleben.

Yariv tippte auf ‚Yossi'.

Er brauchte Unterstützung.

23

Kommissar Angelos Nikakis hatte sich schon besser gefühlt. Vollkommen nackt hing er an einem Seil, dass an einem Haken in der Decke eines Kellers befestigt war.

Das Unwohlsein verschwand auch deswegen nicht, weil ihn ein dritter Peitschenhieb traf. Zwischen seinen Knien hing ein stabiles Holzstück, das die beiden Beine in Spreizhaltung hielt und mit einem straffen Seil festgezurrt wurde.

Und wer zum Teufel ist dieses Arschloch mit der Anonymous-Maske? Und warum sagt der nichts?

„Kali mera, Herr Nikakis", sagte der Mann. „Ich hoffe, Sie fühlen sich wohl bei uns?"

Komischer Akzent. Kein Grieche.

„Lass mich runter, du Arschloch!"

„Oh je. Was für eine Ausdrucksweise für einen Meijer, ts, ts …"

„Was wollt ihr?", presste Angelos heraus, denn seine Muskulatur begann zu rebellieren und das Holzstück zwischen den Beinen schnitt sich bereits ins Fleisch.

„Nichts. Wir wollen nichts. Sie dienen nur als Proband für einige unsere Innovationen. Da hätte ich zum Beispiel unseren Shockwaver. Wissen Sie, früher verwendete man bei Befragungen Batterien mit Klemmen. Primitiv. In Südamerika gab es manche Verbesserungen dank genügendem Material, aber unser Gerät schickt

Stoßwellen durch den Körper, sodass immer wieder Pausen entstehen, in denen sich das Objekt regenerieren kann. Sobald sich die Werte bessern, reagiert es automatisch. So erzeugt man den maximalen Output! Und alles per Funksignal. Keine lästigen Kabel mehr. Ich hoffe, Sie wissen Ihre exklusive Position zu schätzen!"

Der Mann zog einen Schemel heran.

Angelos spürte, wie sich Anonymous an seinem Penis zu schaffen machte.

„Natürlich nehmen wir die Körperteile, die sich besonders eignen. Und bei Ihnen ist das Naheliegendste der Penis, denn er bietet erstaunlich viel Fläche!"

Der Mann kicherte.

„So. Bereit? 3-2-1!"

Die folgenden 30 Sekunden würde Angelos nie vergessen. Ein Meer aus Schmerzen und Krämpfen. Er musste sich übergeben und wäre fast erstickt, denn die Muskulatur weigerte sich, den Kopf nach vorne zu neigen.

Als es vorbei war, blickte er durch einen Nebel an sich herunter. Er hatte eine Erektion.

Der Mann lachte.

„Erstaunlich, wie unser Körper reagiert, nicht wahr?"

Der Mann fummelte wieder an Angelos´ Geschlechtsteilen herum.

„Hm. Es riecht ein bisschen angekokelt. Und es dampft sogar. Sehen Sie: deswegen macht man Experimente, bevor man ein Gerät auf den Markt bringt!"

Angelos stöhnte, noch im geschockt von der Intensität der Schmerzen.

„Manche Menschen sind extrem widerborstig. Vollkommen sinnlos, denn jeder redet. Die Frage ist der Zeitpunkt. Manchmal braucht man Informationen dringend und hat keine Zeit. Dafür ist der Shockwaver! Aber das intensive Befragen hat auch einen Wert an sich, es gehört zur menschlichen Kultur. Schmerz als Weg zur Wahrheitsfindung!"

Angelos lachte höhnisch.

„S-sie sind also eine Art Priester und tun hier Gutes!"

„Ihr Spott trifft mich nicht. Der Weg zur Wahrheit ist mitunter wichtiger und interessanter als das Ergebnis. Aber ich merke schon: den philosophischen Aspekt können wir uns ersparen. Nun denn!"

24

Das Signal führte sie zu einem Haus etwa 100 Meter entfernt von der Straße, die um den Flughafen herumführte.

Ausgerechnet.

Die Straße verlief 500 Meter geradeaus ohne jede Deckung. Würde es Noten für ‚geeignet für Zugriffe' geben – es wäre eine glatte Sechs.

Yariv und Yossi schauten sich nur an und verdrehten die Augen. Es war ein ehemaliger Abfüllbetrieb für Olivenöl, teilweise in den Boden hineingebaut.

Als Yossi in den Lichtkreis um das Gebäude trat, sah er Yariv von rechts auf die Tür zustürmen. Er erreichte die offenstehende Fensterluke und bezog links Stellung. Yossi ging nach rechts und blickte von oben auf den Mann hinunter, der eine Sekunde vorher offensichtlich zum Luftschnappen vor die Türe gegangen war. Es war dessen letzter Atemzug, denn Yarivs Kugel trat von der Seite in den Schädel des Mannes ein. Er war tot, bevor er auf den Boden knallte.

Yariv schaute hinüber zu Yossi. Ihre Körperhaltung war die gleiche. Die Schulter an die Wand gelehnt, die Pistole in beiden Händen haltend, Mündung Richtung Boden. Yossi nickte Yariv zu, worauf der den Vorraum betrat und sich nach rechts wendete. Yossi folgte ihm und deckte die linke Seite ab. Der Vorraum war gesichert, aber noch keine Spur von Angelos.

Dann nahm Yariv den Geruch war: eine Mischung aus Körpergeruch, Urin und Kot. Die übliche Mischung, die nur auf eines hindeuten konnte: eine Leiche.

Yariv packte die Angst und ließ jede Regel und Taktik außer Acht und trat die Türe ein.

Was er sah, lähmte ihn.

Gott sei Dank war Yossi abgebrühter: er schoss dem Mann in dem Raum direkt ins linke Auge.

25

Kurz zuvor

W o waren wir stehengeblieben?", fragte
Anonymous. „Ah ja, bei der Kultur der
Befragung. Wissen Sie, wichtig ist immer
die ausgewogene Mischung zwischen Tradition
und Fortschritt. Natürlich ist immer Raum für
persönliche Vorlieben. Ich liebe Symmetrie, in
allen Lebenslagen. Jeder Idiot kann einen Körper
malträtieren. Aber den Schmerz symmetrisch zu
verteilen, im Idealfall sogar die Wunden, nun, dies
ist meine persönliche Visitenkarte!"

„Halt einfach die Klappe. Der schlimmste Schmerz
ist Pipifax im Vergleich zu deinem Geschwafel",
sagte Angelos leise.

„Wie unhöflich. Nun denn. Teil zwei unserer Unter-
haltung ist die ‚Syrische Waage'. Eine zwei-
tausend Jahre alte Methode. Waage bedeutet,
etwas ins Gleichgewicht zu bringen.

Nun, mein Ziel wird es sein, Ihre Hoden auf
dieselbe Höhe zu bringen wie Ihren Penis. Eine
Herausforderung, gewiss, aber möglich. Zuerst
verknotet man einen dünnen Draht am oberen
Ende des Hodensacks!"

Angelos spürte, wie sich Anonymous an den
Testikeln zu schaffen machte. Als der Mann zuzog,
stöhnte Angelos auf.

„Das war doch harmlos, Herr Nikakis. Der wichti-
gere Teil kommt jetzt. Sie hängen zu weit oben,

um es sehen zu können, aber auf meinem Tisch stehen Gewichte, die an einem Draht mit Henkel befestigt sind. Natürlich sind es keine zehn Kilo, sonst reißt alles. Und kurzer Schmerz oder Tod ist nicht das Ziel dieser Methode. Nein, es sind jeweils 500 Gramm. Sie ziehen den Draht nach unten und drücken auf die Hoden. Permanent. Der Schmerz beginnt langsam und verstärkt sich, bis die Nerven so gereizt sind, dass in Ihnen die Hölle tobt. Und dann kommt das zweite Gewicht!"

Als Anonymous das erste Gewicht einhängte, stöhnte Angelos auf. Und wie der Mann prophezeit hatte, wurde der Schmerz mit jeder Sekunde schlimmer.

„Manche Kollegen schlagen noch mit einem Stock auf das Gewicht, aber das ist nur etwas für Sadisten. Ich setzte auf Geduld! Und sehen Sie mal: schon hängt der Beutel tiefer! Lassen wir das Ganze etwas wirken!"

Der Mann setzte sich an den Tisch und rauchte genüsslich eine Zigarette.

„So. Empfohlen werden zehn Minuten. Die dürften um sein!"

Angelos´ Kopf dröhnte bereits vor Schmerzen. Als Anonymus das zweite Gewicht losließ, schrie er laut.

„Sehen Sie? Es ist gerade mal ein Kilo, aber es kommt einem vor wie zehn!"

„Bitte. W-was wollen Sie?"

„Hm. Einen Wunsch hätten wir doch. Konzentrieren Sie sich auf Ihre Aufgabe als Bürgermeister und Kommissar. Das reicht doch. Die große Politik überlassen Sie bitte anderen. Ein friedliches Leben mit Ihrem Mann. Er heißt Yariv, nicht wahr?"

Kurzzeitig bäumte sich Angelos auf, aber die Schmerzen ließen ihn wieder möglichst ruhig hängen.

Ein anderer Mann mit Maske betrat den Raum. Sie schienen sich zu streiten.

„Zent ir gor meshuge?", fragte der Neue.

„Nit deyn gesheft!", antwortete der Folterer gereizt.

Was ist das für eine Sprache, dachte Angelos mit dem Teil seines Gehirns, der noch nicht vom Schmerz lahmgelegt worden war. Klingt entfernt nach Deutsch. Oder habe ich schon Wahnvorstellungen?

Der zweite Mann verließ den Raum wutschnaubend.

„Wo waren wir stehengeblieben? Ah ja. Die Liebe. Nun, auch Ihr Mann könnte hier hängen. Ob er solange durchhalten würde wie Sie? Es könnte sein, dass wir auch das ausprobieren. Also: was ist?"

„Leckt mich", sagte Angelos leise.

„Das Niveau unserer Konversation sinkt. Schade. Dann probieren wir es mit zwei Gewichten mehr!"

„Bitte nicht", sagte Angelos. Er schrie sich die Seele aus dem Leib, als die nunmehr vier Gewichte den Draht immer weiter nach unten zogen. Plötzlich spürte er, dass etwas gerissen war. Dann fiel er in Ohnmacht.

Irgendwann registrierte er einen gewaltigen Knall, einen Schuss, ein „Oh Gott" - und heftiges Schluchzen.
Er erkannte die Stimme.
Es war Yariv und der schluchzte oder weinte nie.
Nun, dann bin ich wohl tot, dachte Angelos.

26

Reiß dich zusammen, Yariv", schrie Yossi. „Mach die Gewichte weg, aber vorsichtig!" Trotz Ohnmacht zuckte Angelos bei jedem 500-Gramm-Stück. Dann sah Yariv das Blut an der Innenseite des rechten Oberschenkels.
„Ich schneide ihn jetzt ab", sagte Yossi.
„NEIN. Da ist was gerissen. Lassen wir ihn fallen, reißt das Ganze mehr auf. Sag deinem Mann, wir brauchen den Rettungskoffer!"
Yariv drehte Angelos und suchte nach der Ursache der Blutung.
„Scheiße. Der Hodensack ist teilweise gerissen", sagte Yariv mit wackliger Stimme.
„Gib mir das Klammergerät!"
„Du willst da unten klammern? Hoffentlich wacht er nicht auf!"
„Zwei müssen die Beine auseinanderziehen und festhalten!"
„Alles klar. Sei vorsichtig", meinte Yossi.

„Nein. Ich tackere die Hoden an den Penis. Herrgott!"

„Schon gut!"

Die Haut war genau in der Leistenfalte gerissen, daher musste Yariv die Haut ein bisschen weiter nach oben ziehen. Dann tackerte er vier Klammern fest.

„Jetzt, Yossi. Du auf den Stuhl und wir fangen ihn auf!"

Yariv winkte einen zweiten Mann her.

Angelos fiel wie ein nasser Sack. Vorsichtig legten sie ihn auf die Bahre.

„Puls ist in Ordnung", sagte Yossi.

„Wir brauchen einen Krankenwagen. Er muss flach liegen."

„Warte. Ich muss noch Fotos von dem Maskenmann und dem Anderen machen. Sonst …"

„ … finden wir nicht heraus, wer das war. Schon klar. Aber schnell!", sagte Yariv.

Der Entschluss, in die örtliche Hygeia-Klinik zu fliegen, fiel Yariv nicht leicht. Klinikleiter André Silva und Angelos waren einander in herzlicher Abneigung verbunden.

Und tatsächlich verdrehte André die Augen, als er Yariv und die Bahre sah.

„Wo ist denn dein allwissender Mann?", fragte André spitz.

„Auf der Bahre. Und spar dir wenigstens heute deine Stänkerei. Er hat Furchtbares durchgemacht!"

„Was denn?"

Yariv hob die Wärmefolie hoch.

„GRUNDGÜTIGER. Ihr solltet beim Sex vorsich …"

„Er wurde gefoltert, du Idiot", rutschte es Yariv heraus.

„W-was? U-und wer hat geklammert?"

„Ich. War das verkehrt?", fragte Yariv.

„Nein. Immer zuerst die Blutung stillen. ELENI! IRINI! Blutabnahme und OP fertigmachen!"

„Könntest du heute bitte vergessen, dass du ihn nicht magst?", fragte Yariv erschöpft.

„Ich bin Arzt. Ich hätte mir zwar nicht träumen lassen, an Angelos´ Unterleib herumbasteln zu müssen, aber … wir müssen ihn drehen. Vorsichtig auf die andere Bahre!"

Angelos war nicht gerade leicht.

„Was ist denn DAS?", fragte André.

„Das nennt man Penis. Gut, etwas größer als üblich. Da sind aber nur zwei kleine Verbrennungen", antwortete Yariv.

„Äh, bist du sicher, dass dein Enddarm und die Prostata noch intakt sind? Das Ding sieht aus wie ein Zerstörer!", stellte André fest.

„Bei mir ist alles in Ordnung. Meine Organe haben sich offensichtlich den Verhältnissen angepasst", sagte Yariv grinsend. „Aber zurück zu unserem Patienten: versprich mir, dass du dich gut um ihn kümmerst!"

„Du bleibst nicht hier?", fragte André erstaunt.

„Das kann ich nicht. Irgendjemand muss Angelos´ Job übernehmen. Das kann Yossi nicht alleine!"

„Ich könnte schon, aber wir sind in Griechenland und da wäre es schwierig, wenn die griechische Polizei nicht anwesend wäre!"

„Und da ich noch immer Kommissar bin, muss ich den Platz unseres Opfers einnehmen. Aber ich denke, wenn diese beschissene Nacht vorbei ist, bin ich wieder da. Sollte irgendetwas sein, sagst du mir sofort Bescheid, André. Anders ausgedrückt: Solltest du Angelos nicht wieder richtig zusammensetzen können, versenke ich dich in Betonschuhen in der Ägäis!"

„Ich krieg das schon hin. Ansonsten macht der ganze Angelos-Fanclub Jagd auf mich!"

Als André die Bahre in den OP schob, hörten sie Angelos murmeln:

„Deutsch, es war deutsch!"

27

Wie konnte das Ganze so schieflaufen? Warst du vor Ort?", fragte Karim.

„Nein", sagte Rabbi Stern. „Ich halte immer Abstand, aber ich war per Video zugeschaltet. Allerdings musste ich meinen Blick abwenden!"

„Du meintest, dein Verhörspezialist habe im syrischen Knast einen Knacks abbekommen. Ich würde sagen, er hat komplett seinen Verstand verloren und du solltest ihn per Genickschuss aus dem Verkehr ziehen. Als dieser Sadist diesem Nikakis die Gewichte an die Hoden hängte, musste selbst ich würgen. Und ich bin einiges gewöhnt! Mir tat Nikakis richtig leid!"

„Ich entschuldige mich., mein Freund. Du hast recht, ich hatte unterschätzt, wie sehr er neben der Spur lief. Aber da er nun tot ist, stellt sich die Frage nicht mehr!"

„Zwei Kugeln hätten vollkommen gereicht. Stattdessen muss der Idiot ein Sado-Video drehen. Und jetzt? Nikakis lebt, ist frei – das kompliziert unsere Probleme!"

„Das sehe ich anders. Unser Ziel war, Nikakis aus dem Spiel zu nehmen und das haben wir erreicht, wenn auch auf anderem Weg. Er wird nicht in der Lage sein, seinen Job zu machen. Bis er wieder normal laufen kann, werden Tage oder Wochen vergehen. Er hat stark geblutet da unten", sagte der Rabbi, dem Gespräche über Sex oder Geschlechtsteile schwerfielen.

„Am Sack. Du kannst es ruhig aussprechen. Aber du könntest recht haben: er ist nicht einsatzfähig!"

„Eben. Jetzt kommt es darauf an, dass ihr euren Teil beitragt – und Yossi ausschaltet. Wann ist es soweit?"

„In zwei Stunden", sagte Karim.

„Hoffentlich etwas geräuschloser als bei uns. Nicht dass die Delegationen sofort wieder abreisen", meinte David Stern.

„Wenn alles gut läuft, wird man es für einen Unfall halten", antwortete Karim.

Rabbi David Stern seufzte.

Wenn Menschen Pläne machen, lacht Gott.

Und es gab ein weiteres Problem: David Stern machte sich Sorgen, er könne auffliegen.

Sein Verhörspezialist war tot – und sie hatten die Leiche. Sie könnten herausfinden, wer er war. DNA, Zähne, Gesichtserkennung.

Das würde unangenehm werden für mich.

Denn der geisteskranke Sadist war Yitzhak – mein Sohn.

28

Gegen 4 Uhr morgens trafen Yariv und Yossi in Kalo Livadi ein. Sie marschierten durch Yossis Studio auf die offene, hölzerne Terrasse hinaus und ließen sich auf die Liegen fallen.

Zwei von Yossis Männern saßen am Tisch vor zwei Notebooks. Es war eine für April erstaunlich laue, windstille Nacht.

„Morchedai, auf dem Handy sind Fotos einer Leiche. Gesicht rausfiltern und durch die Erkennung laufen lassen. Und dann Fingerabdruck von dem hier!"

Yossi zog den amputierten Finger aus seiner Jackentasche.

„Ich kenne das Gesicht, ich weiß nur nicht, wohin ich es stecken soll. Wie geht es dir?"

Erst jetzt sah Yossi, dass Yariv Tränen über die Wange liefen.

„An einen solchen Anblick kann man sich nicht gewöhnen, ich weiß!"

„Ich werde ihn wahrscheinlich nie vergessen. Tiere, einfach nur Tiere, wobei: Menschen sind grausamer!"

„Die Methode stammt eigentlich von den Ägyptern. Deren Folterkammern sind die Schlimmsten. Allerdings banden die den Delinquenten einen Backstein an die Hoden. Die Syrer, von je her schlauer, fanden heraus, dass die langsame Steigerung des Gewichts viel effektiver ist. Jeder Nerv im Körper läuft Amok. Was ich aber absolut nicht einordnen kann, ist Angelos´ Bemerkung über die Sprache. Warum sollten diese Bastarde deutsch sprechen?"

„Ich habe nicht die geringste Ahnung. Aber es kann nur die Hamas sein. Sie wissen von Angelos´ Sympathien für euch!"

„Ich vermute, jetzt hat Angelos keinerlei Sympathie mehr für irgendjemand aus dem Nahen Osten!", sagte Yossi. „Und ich könnte es mehr als verstehen. Weißt du was? Ich setze mich jetzt in den Jacuzzi. Schlafen geht ohnehin nicht!"

Der Jacuzzi lag direkt vor der Terrasse und bot eine spektakuläre Aussicht auf die Bucht von Kalo Livadi.

Eine schwarze Katze hatte ebenfalls Lust auf ein Bad, senkte den Kopf zur Wasseroberfläche und streckte die Zunge heraus.

Es gab einen Riesenknall, die Katze flog drei Meter durch die Luft und schlug leblos auf der Terrasse. auf. Auch Yariv war von der Liege geflogen.

Es war stockdunkel.

„Yossi? Bist du ok?"

„Ja. Mein Gott, ohne die Katze wäre ich jetzt Grillfleisch!"

Tatsächlich roch es nach verbranntem Fleisch. Dann sprang der Generator an und es wurde wieder hell.

Geschockt ließ sich Yossi auf die Liege fallen.

„Mordechai, Ezra, funkt die anderen an, ob alles in Ordnung ist. Ich bin mir zwar sicher, dass das Spaßbad nur für mich gedacht war, aber …"

„Sofort, Chef. Vor dem Absturz hatten wir einen Treffer! Kommt sofort!"

Man merkte, dass Mordechai zögerte.

„Raus mit der Sprache", befahl Yossi.

„Yitzhak Stern!"

Yossi schaute entgeistert.

„Einer von euch hat meinen Mann gefoltert?", rief Yariv verärgert.

„Das ist eine längere Geschichte. Yitzhak arbeitete für uns in Syrien. Er war verdammt wichtig für uns. Dann wurde er geschnappt und verschwand in einem von Assads Folterkellern. Was er dort durchgemacht hat, kann sich keiner vorstellen. Zwei Jahre lang. Dann konnte er fliehen. Aber als er zurückkam, war er nicht mehr derselbe. Wie auch. Er wurde mehrmals verhaftet wegen Körperverletzung. Dann schoss er zwei Mal auf

Araber. Nach ihm wurde gefahndet, aber wir konnten ihn nicht finden. Wir vermuten, dass er von seinem Vater versteckt wird. Die Orthodoxen in Jericho sind wie eine Sekte und David Stern, sein Vater, ein Rechtsextremist!"

„Israelis gegen Israelis?"

„Das gibt es schon immer. Orthodoxe lehnen den Staat Israel ab. Sie ermorden säkulare Israelis. Denk an Rabin. Und sie lehnen Frieden mit den Palästinensern ab. Sie glauben, ihnen gehört ganz Palästina. Jetzt ist mir auch klar, warum Angelos glaubte, Deutsch verstanden zu haben!"

„Es war Jiddisch, schon klar", sagte Yariv. „Und was machen wir mit Daniel? Ich werde nicht zulassen, dass er einfach so ausreist und dann in Israel frei herumspringt. Er hat uns hintergangen. Dass man ihn erpresst hat, ist mir vollkommen egal!"

„Aber wenn ihr ihn hier vor Gericht stellt, schaltet sich automatisch die Botschaft ein. Die ganze Geschichte kommt in die Medien und ich weiß nicht, ob Angelos das recht ist! Und was willst du Daniel vorwerfen? Dass er mit dir an den Strand und dann Essen ging? Gut, er sollte dafür sorgen, dass Angelos alleine ist. Deswegen ist er nicht Teil einer Verschwörung. Er hielt die Männer für die Hamas … Ich bin mir sicher, er hätte nichts getan, hätte er gewusst, dass Angelos Gefahr droht!"

„Sag mal: seid ihr alle so abgestumpft, dass euch nichts mehr erschüttert? Das heute Nacht wird er ewig mit sich herumtragen. Daniel hingegen spaziert in ein paar Monaten mit seinem Lover durch Tel Aviv. Und wegen der Passierscheine kriegt er einen Strafzettel", regte sich Yariv auf.

„Lassen wir es Angelos entscheiden", schlug Yossi vor. „Was mich beunruhigt ist, dass Yitzhak nach unserer Einschätzung nicht mehr ohne den Alten leben kann. Nur der hält ihn im Zaum!"

„Oder lässt ihn los. Du meinst, er könnte hier auf Mykonos sein?", fragte Yariv.

„Abwegig ist es nicht. Zuhause wettert er schon seit Wochen gegen diese Gespräche. ‚Jeder anständige Jude sollte alles tun, um dieses Treffen mit Mördern zu verhindern', lautete sein Aufruf!"

„Das ist ein Aufruf zum Mord. Auf die Idee, den Herrn eventuell beschatten zu lassen, seid ihr nicht gekommen?", ätzte Yariv.

„Wie alles im Nahen Osten nicht ganz so einfach. Einen Aufstand der Orthodoxen können wir nicht gebrauchen. Dann werden die noch unterstützt von den zwei Millionen Russen, die extrem konservativ sind!"

„Was für ein Land", sagte Yariv.

„Es ist die ganze Region", antwortete Yossi fast resignierend. „Und wir haben gewaltige Fehler gemacht!"

„Stimmt. Ihr habt sowohl die Hisbollah als auch die Hamas am Anfang finanziell unterstützt. Ihr dachtet, damit könnte man die PLO schwächen und heute fliegt euch der Laden um die Ohren", schimpfte Yariv. „Das wäre in Ordnung, wenn es in eurem Laden passiert, ABER NICHT IN UNSEREM!"

„Es ist leicht, Geschichte rückwärts zu betrachten. Damals erschien es eine gute Gelegenheit, Arafat zu schwächen. Das ist uns gelungen – und zwar so erfolgreich, dass er fast jeden Einfluss verlor. Jetzt haben wir Extremisten an allen Fronten!"

„Und auf unserer Insel, Herrgott! Dabei hat das eigentliche Theater noch gar nicht angefangen", fluchte Yariv.

„Aber ohne unseren Minisender im Ohr hätte Angelos nicht überlebt. Gibt es dafür wenigstens einen kleinen Pluspunkt?", fragte Yossi, um Yariv etwas zu beruhigen.

„Das muss ich mir noch überlegen", knurrte Yariv.

29

David Stern betete.

Er bat Gott um Verzeihung, dass er die Gebeine seines Sohnes nicht nach Hause, ins Heilige Land, bringen konnte. Für einen orthodoxen Juden unerträglich.

Doch Stern war gut einen Kilometer entfernt von den Geschehnissen in der Nähe des Flughafens gewesen.

Er war hin- und hergerissen. Er wollte unbedingt vor Ort bleiben, bis die Freunde von der Hamas ihren finalen Schlag erfolgreich durchgeführt hatten.

Die beiden ersten Stufen des Plans waren eine Enttäuschung. Gut, Nikakis lag flach. Aber der Anschlag auf Yossi Cohen war fehlgeschlagen.

Das hatte Karim ihm vor wenigen Minuten berichtet. Dabei war der Plan, den Jacuzzi unter Strom zu setzen, raffiniert. Aber er hatte nicht funktioniert.

Sei's drum, meinte Karim: der Plan für den eigentlichen Angriff bleibe unverändert, auch wenn die Zeit knapp werde. Morgen Nachmittag würden die Teilnehmer der Konferenz eintreffen.

„Die Zeit ist ausreichend, Rabbi. Man wird glauben, dass mit den beiden Fehlschlägen alles überstanden ist. Wir werden unser Ziel dennoch erreichen!"

Dann verschwinde ich hier, beschloss David Stern. Der ursprünglich vorgesehene Fluchtweg per Boot schien ihm nicht sicher genug. Das Meer wimmelte von Marinebooten.

Letztendlich entschloss sich der Rabbi für die Flucht per Fähre, innergriechisch und daher ohne Passkontrolle.

Aber als das Taxi am Hafen hielt, sah Stern, dass man vor der Fähre nach Naxos sogar eine Sicherheitsschranke aufgebaut hatte und diese sah verdächtig nach einem israelischen Fabrikat aus, das auch mit Kameras ausgestattet war.

David Stern zögerte, entschloss sich aber dann, sich in die Schlange einzureihen.

Ich werde nicht gesucht und dass der Tote von letzter Nacht mein Sohn ist, können die noch nicht wissen.

Der Rabbi passierte die Schranke, ohne dass ihn jemand aufhielt. Kurz vor der Fähre, packte ihn eine Hand an der Schulter.

„Na, Rabbi, vi vilstu geyn?", sagte der Polizist in griechischer Uniform.

30

Als Yariv gegen 7 Uhr todmüde in Angelos´ Krankenzimmer torkelte, sah er seinen schlafenden Ehemann – und einen Chefarzt André, der zwischen Angelos Beinen lag und dessen Penis in der Hand hielt.

„Erwischt. Der Klassiker: Arzt befummelt Patienten während der Narkose", sagte Yariv und lachte.

„Du kannst es jetzt zugeben: du bist doch in ihn verliebt. Aber das, was du da in den Händen hältst, gehört mir!"

„Sehr witzig. Ich versuche, dieses blöde Ding durch die Öffnung des Hodenschutzes zu stopfen, aber es geht nicht!"

„Selbst wenn er durchpassen würde, wäre das Loch zu eng. Er wird ja mitunter größer!"

„Erschreckender Gedanke. Aber ich denke nicht, dass Angelos die nächste Zeit Lust auf eine Erektion hat!"

„Wollen wir wetten, dass ich es selbst unter Narkose schaffe?", fragte Yariv und grinste.

„Lieber nicht, danke. Es ist soweit alles in Ordnung. Aber an der Stelle ist die Gefahr einer Infektion hoch. Er muss seine Antibiotika nehmen und du musst den Bereich der Naht mit Wundspray einsprühen!"

„Wird alles wie vorher funktionieren?", fragte Yariv.

„Was ist eigentlich genau passiert?", wollte André wissen – und Yariv erzählte es ihm.

„Um Gottes Willen. Aber ich denke, es wird wieder. Es hängt halt alles etwas tiefer. Die Haut ist extrem gedehnt – das lässt sich nicht rückgängig machen. Am Besten wäre, er erinnert sich nicht. Wenn doch, wird es ein Problem. Dann hast du eine Menge Arbeit vor dir!"

„Dafür ist ein Ehemann doch da!"

„Er hat verdammt viel Glück, dass er dich hat. Hoffentlich weiß er das zu schätzen!"

„Das tut er", sagte Yariv.

Plötzlich bewegte sich Angelos.

„Hallo, Großer", sagte Yariv leise.

„Hm. Mein Kleiner. Sind meine Eier noch dran?"

„Alles vollzählig! Nur sind sie jetzt so groß wie Orangen!"

„Hast du gerade an mir herumgefummelt?"

Yariv lachte.

„Nein. Das war der Herr Chefarzt!"

„Ich wusste es schon immer", sagte Angelos, mit noch immer geschlossenen Augen. Dann dämmerte er wieder weg.

„Schon wieder ganz der Alte", brummte André.

31

Trotz ausdrücklichem Verbot des Chefarztes fuhr Yariv Angelos nach Hause.

Gegen zehn Uhr morgens lag der Kommissar breitbeinig auf einem Sunbed auf der Terrasse in Ornos. Yariv hingegen ließ sich auf einen Stuhl fallen, sein Kopf fiel nach vorne.

„Kleiner, du musst unbedingt schlafen. Wann kommen die Delegationen?"

„Später als vorgesehen. Gegen drei!"

„Dann ab nach oben", sagte Angelos.

„Sag mal, hast du keine Schmerzen? Ich kann es nicht fassen. Ich wäre fast gestorben bei deinem Anblick. Und du ... Moment mal. Ah. Jetzt verstehe ich: ein Morphin-Spritzchen?"

Angelos grinste breit.

„Ja. Mein neuer Fan meinte, es wäre ange-messen!"

„André dein neuer Fan? Ich lach mich echt tot. Ihr wart wie Feuer und Wasser!"

„Er hat mir sogar noch eine mitgegeben. Aber gemach: die Schmerzen kommen und wenn sie nur halb so schlimm werden wie während der Sonderbehandlung, schreie ich so laut, dass es ganz Ornos hört. Also genieße ich die Zeit bis dahin. Und jetzt gehst du hoch und schläfst. Und lässt Daniel aus dem Zimmer raus. Der Junge dreht sonst durch!"

„Ich soll ihn rauslassen?? Gerne. Wenn ich zum Flughafen fahre, gebe ich ihn gleich bei der Polizei ab!"

„Du willst ihn in eine Zelle sperren?"

„Sag mal, hat man auch Gewichte auf dein Hirn gelegt? Daniel ist verantwortlich für das, was passiert ist. Schau mal zwischen deine Beine. Ohne ihn, wären da keine Melonen-Hoden", regte sich Yariv auf.

Angelos schüttelt den Kopf.

„Nein. Er wusste sicher nicht, was er ausgelöst ha-. Außerdem bin ich nicht ganz unschuldig!"

„Wieso das denn?", fragte Yariv gereizt.

Angelos zögerte.

„Ich, äh, … ich war so durcheinander, dass ich einfach die Türe geöffnet habe. Ich war einfach nur froh, dass du endlich nach Hause kommst. Als keine Nachricht und auch kein Anruf von dir kam, lief bei mir ein Kopfkino ab!"

„Was für ein … Oh Herrgott. Du hast wirklich geglaubt, ich treibe es mit Daniel? Das ist doch nicht dein Ernst!"

„Drei Sekunden lang habe ich es für möglich gehalten. Dann war mir klar, dass du mich nie betrügen würdest. Aber diese drei Sekunden waren furchtbar. Ich habe an die Nacht zu drit gedacht … Ich war nur dabei, während Daniel und du …"

„Es war DEINE IDEE, DU IDIOT!"

„Natürlich. Verzeih mir. Es war mein Fehler und nicht der von Daniel!"

„Das sehe ich immer noch anders. Aber irgendjemand muss sich um dich kümmern, während ich in Kalo Livadi bin. Dennoch: das letzte Wort ist in der Angelegenheit noch nicht gesprochen!"

„Yariv: wenn jemand dich entführen würde, würde ich alles und jeden verraten, um dich frei zu bekommen. Leg dich hin, Kleiner – und danke für letzte Nacht. Sehr viel länger hätte ich nicht durchgehalten. Zumindest nicht mit meiner vollen Ausstattung!"

„Und auch ohne deine Melonen wäre ich bei dir geblieben, du Idiot", sagte Yariv kopfschüttelnd und ging hinein ins Haus.

Fünf Minuten später kam ein vollkommen derangierter Daniel mit ängstlichem Blick auf die Terrasse.

„Yariv hat mir erzählt, was passiert ist. Ich weiß nicht, was ich sagen soll. ‚Tut mir leid' ist wohl etwas wenig. Ich könnte es verstehen, wenn du mich hasst!"

„Noch hasse ich niemand, weil ich keine Schmerzen habe. Aber das wird sich bald ändern. Jetzt gehst du erstmal in die Küche und machst Espresso. Du bist den ganzen Tag meine Krankenschwester!"

„Wenn bitte Kranken*bruder*", sagte Daniel mit einem zaghaften Lächeln.

32

Noch bevor Daniel mit den Espressi zurückkam, brummte Angelos´ Handy.
Es war Maria.

„Wie geht es dir?", fragte sie besorgt.

„Mein Unterleib wurde umgestaltet, aber das wird schon. Was gibt es?"

„Wir haben am Hafen einen gewissen David Stern festgenommen. Er ist der Vater von dem Typ, der dich gefoltert hat. Die Gesichtserkennung hat angeschlagen. Das Gerät sollten wir unbedingt behalten. Der Mann sieht vollkommen anders aus als auf den Fotos. Der Eintrag im Register stammt von Yossi, heute Morgen. Da hatte er wohl eine Ahnung!"

„Nein. Er hatte eine Leiche und wäre fast gegrillt worden. Für die ganze Geschichte habe ich keine Kraft!"

„Schon klar. Aber was mache ich jetzt mit dem Herrn? Er sieht ungefährlich aus, eher niedergeschlagen!"

„Ja nun, sein Sohn ist tot, auch wenn der nur noch eine kranke Hülle war!"

„Soll ich ihn Yossi übergeben? Auf dem kleinen Dienstweg sozusagen?"

„Nein, Maria. Bring ihn bitte sofort zu mir!"

Mittlerweile war Daniel wieder auf der Terrasse.

„Setz dich zu mir. Und jetzt erzählst du mir, was mit deinem Freund passiert ist", sagte Angelos.

Daniel seufzte. Man sah ihm an, dass er jeden Glauben daran verloren hatte, dass Hassan noch lebte.

„Er wurde entführt. Er ist Palästinenser. Kein Problem für die Hamas!"

„Es war nicht die Hamas, du Dussel!"

„WAS BITTE?"

„Es war eine Gruppe orthodoxer Juden. Die gleiche Gruppe, die dann dich abgepasst und erpresst hat", sagte Angelos.

„Juden haben mich entführt? Meine eigenen Leute?"

„Das sind nicht deine Leute. Sie verfolgen die gleichen Ziele wie die Hamas: jeglichen Frieden zu verhindern. Und sie scheuen vor nichts zurück – wie du an mir siehst!"

„Wie schlimm ist es?", fragte Daniel.

„So schlimm", sagte Angelos und zog das Handtuch weg.

„Um Gottes Willen", presste Daniel hervor und begann zu schluchzen. „D-das wollte ich nicht. Ich hatte keine Ahnung. Wird das wieder?"

„Wird man sehen!"

„Was passiert mit mir?", fragte Daniel mit ängstlichem Blick.

„Nichts. Yariv ist zwar stocksauer, aber das legt sich. Du kannst jederzeit zurück nach Israel. Ich werde mit Yossi sprechen, dass man dich in Ruhe lässt!"

„Wirklich?"

„Aber zuerst versuchen wir, deinen Freund zu retten", sagte Angelos.

„Wie soll das gehen? Ich habe nicht geliefert!"

„Sagen wir: vor zehn Minuten hat uns die Bank ein Ass auf den Tisch gelegt!"

33

David Stern war ein gebrochener Mensch. Mit Kabelbindern gefesselt, saß er auf einem Stuhl auf der Terrasse in Ornos. Er sah aus wie 70, obwohl er erst knapp über 50 Jahre alt war.

„Daniel, hol bitte eine Schere aus der Küche und binde ihn los", sagte Angelos.

„Danke", sagte Stern leise.

„Folgendes: in einer Stunde ist die Wirkung des Morphins vorbei und ich werde sehr unleidlich sein. Also empfehle ich Ihnen, meinen Vorschlag möglichst schnell anzunehmen!"

„Ich ... ich entschuldige mich für die Vorgänge gestern Nacht. Aus nahvollziehbaren Gründen war ich nicht vor Ort. Mein Sohn war ein guter Junge. Aber er hat in den zwei Jahren in Assads Folterkammern täglich ähnliches wie Sie durchgemacht. Als er zurückkam, war er eine Art Zombie – oder eine tickende Zeitbombe. Dennoch war er mein Sohn. Aber das, was er Ihnen angetan, ist unverzeihlich. Es war abstoßend!"

„Dennoch haben Sie nicht eingegriffen", sagte Angelos.

„Doch, das habe ich. Aber mein Sohn war von Sinnen! Es klingt schlimm, wenn ein Vater sagt. es ist besser, dass er gestorben ist!"

„Die Zeit läuft, Herr Stern. Das Angebot lautet: sie lassen Daniels Freund umgehend frei. Und zwar unversehrt. Wenn er nicht in spätestens zwei Stunden bei Daniel anruft, wandern Sie in den dunkelsten Knast Griechenlands, irgendwo an der albanischen Grenze!"

Stern nickte.

„Und wenn wir ihn freilassen?"

„Dann können Sie ausreisen. Was die israelischen Behörden mit Ihnen machen, interessiert mich nicht. Hauptsache, ich sehe auf meiner Insel nie mehr weder Sie und Ihre Bagage noch die Hamas. Tragt eure Kriege zuhause aus. Und jetzt: telefonieren!"

Natürlich verstand Angelos kein Wort, aber an Daniels Gesicht konnte er erkennen, dass Hassan noch lebte und auch sofort auf freien Fuß kommt.

„Und? Zufrieden?", fragte Angelos.

Daniel strahlte – und nickte.

„Gut. Dann warten wir jetzt auf Hassans Anruf. Wenn Sie sich an die Abmachung halten, bringen wir Sie zum Flughafen. Heute gibt es sogar noch zwei Direktflüge. Vielleicht haben Sie Glück. Aber Sie haben ein lebenslanges Einreiseverbot. Ist das klar?", fragte Angelos.

„Verstanden", sagte Stern.

Zehn Minuten später erfolgte der Anruf, der Daniel Dimas glücklich machte.

Angelos rief Maria an, damit sie den Rabbi zum Flughafen brachte.

Er brauchte Ruhe, denn die erste Welle aus Schmerz und Erschöpfung lief durch seinen Körper. Mit jeder Minute steigerte sich die Pein. Jeder Muskel, jede Nervenfaser rebellierte.

Angelos hielt die Luft an.

Am Schlimmsten waren die Schmerzen im Unterleib. Innerhalb einer Viertelstunde holten ihn die Ereignisse der Nacht ein. Er begann zu schwitzen, zu hecheln …

Daniel kam zurück – er war kurzzeitig mit dem Handy im Haus verschwunden – und erschrak.

„Oh Gott, was kann ich tun?"

„S-setz dich her und nimm einfach meine Hand", presste Angelos heraus. „Aber dann solltest du nach Hause gehen. Auf dich wartet jemand!"

„Ich bleibe hier. Ich kann dich doch nicht alleine lassen. Nicht, nach dem, was ich verursacht habe. Klar wartet Hassan zuhause auf mich, aber hier braucht ein anderer Freund meine Hilfe", sagte Daniel.

Augen wie ein Teddybär, dachte Angelos.

Dann fiel Kommissar Angelos Nikakis in Ohnmacht.

34

Zeitgleich standen Yariv und Yossi auf dem Vorfeld des Flughafens.

„Ich hätte nicht schlafen sollen", knurrte Yariv. „Ich bin kaputter als vorher!"

„Das habe ich über Jahre gelernt: das Märchen vom erholsamen Kurznickerchen ist auch eines. Du bist hinterher wie erschlagen. Daher sehe ich besser aus als du!"

„Danke für das Kompliment. Wie viele Delegationen fehlen noch?"

„Eine. Die aus Gaza. Dann beziehen sie ihr Quartier in den Hotels. Abends gibt es ein sogenanntes gemeinsames Abendessen – an drei verschiedenen Tischen, abgetrennt durch Paravents", erklärte Yossi und lachte,

„Friedensverhandlungen à la Nahost! Aber Mykonos gehört fast dazu. Die reine Flugzeit nach Tel Aviv beträgt gerade mal 55 Minuten!"

„Nur bringen wir uns nicht gegenseitig um", widersprach Yariv. „Was war Angelos´ Vorschlag? Der Nahe Osten sollte mehr ficken, am besten miteinander!"

„Aha. Ist aber noch nicht lange her, dass auch Griechen und Türken sich gegenseitig massakrierten!"

„Wir sind halt lernfähig", sagte Yariv wenig überzeugend, denn auch auf Zypern herrschten immer noch Zorn und Ignoranz.

„Nein, Ihr seid einfach bankrott. Kein Geld, kein Krieg!"

„Da kommt die Maschine. Danach fahren wir nach Kalo Livadi, oder? Ich kann nicht mehr klar denken!"

Außerdem sind meine Gedanken woanders, dachte Yariv.

Das ‚woanders' hieß Angelos. Der Kommissar erwachte aus seiner Ohnmacht. und sah das Gesicht von Chefarzt Silva über sich.

„Oh Gott. Hatten wir Sex?"

André lachte.

„Ich habe dir eine Spritze verpasst. Dein junger Freund war richtig panisch. Neues Fanclub-Mitglied?"

„So wie du halt auch", sagte Angelos und grinste.

„Wir wollen es nicht übertreiben. Ich lasse eine Spritze hier. Können Sie damit umgehen?", fragte André Daniel.

Der nickte.

„Ich war Sani in der Golani-Brigade!"

„Hervorragend. Aber wir müssen mit dem Zeug vorsichtig sein. Die Hoden sehen gut aus!"

„Danke für das Kompliment. Und der Rest?"

André lachte.

„Wäre mir viel zu groß", sagte André und ging.

„Ich hatte echt Angst", sagte Daniel.

„Wäre der Rabbi noch hier, würde ich ihn erschießen. Die Schmerzen hält wirklich niemand aus!"

Plötzlich brummte Angelos´ Handy.

„Geh bitte ran", sagte er zu Daniel.

Der zögerte, denn auf dem Display erschien „Lockenkopf".

„Was machst du mit Angelos´ Handy?", schnauzte Yariv.

„Äh, telefonieren? Aber ich reich dich mal weiter!" Angelos lächelte.

„Was gibt´s, Kleiner?"

„Das Wichtigste zuerst. Wie geht´s dir?"

„Vor einer Stunde wollte ich noch sterben. Dann kam André mit der Spritze!"

„Ihr werdet doch noch Freunde. Hier gibt´s ein Problem: Wir stehen am Fußballplatz mit vier Baggern. Was sollen wir mit denen?"

„Je zwei sollen unten die Zufahrt zum Strand blockieren. Wenn ein LKW die Sperren durchbrechen will, dann halten ihn keine spanischen Reiter oder Nagelbretter auf!"

„Klingt logisch", meinte Yariv, wortkarg vor lauter Müdigkeit.

„Wenn das Abendessen beginnt, soll Yossi übernehmen. Es ist schließlich deren Veranstaltung!"

„Stimmt. Ich befürchte nur, dass auch diese Nacht kurz wird, denn ich glaube nicht, dass du schlafen kannst!"

„Hm. Dann gehst du ins Gästezimmer, damit du schlafen kannst und Daniel und ich nehmen …"

„Hast du noch alle Tassen im Schrank? Wenn es dir schlecht geht, kümmere ich mich um dich und nicht dieser …!"

„Beruhige dich. Das war ein Scherz. Übrigens: Daniels Freund ist bereits auf freiem Fuß", sagte Angelos.

„WAS? Wie hast du denn das hingekriegt?"

„Einen griechischen Kommissar stoppen weder Gewichte am Sack noch ein Elektroschocker", meinte Angelos.

Yariv musste lachen.

„Ich erinnere dich dran, wenn das Morphin nachlässt. Bis dann!"

Doch keine fünf Minuten später rief Yariv wieder an.

„Einer der Bagger ist eingebrochen. Irgendein Hohlraum, nicht tief, etwa ein Meter!"

„Aber damit erfüllt er erstmal seinen Zweck, wenn er die Straße zur Hälfte blockiert. Stellt den anderen daneben. Rausholen können wir den Bagger, wenn alles vorbei ist", sagte Angelos.

„Was ist los?", fragte Daniel, nachdem Angelos das Gespräch beendet hatte.

„Einer der Bagger, die wir als Straßenblockade vorgesehen hatten, ist in einen Hohlraum gelandet, aber seinen Zweck erfüllt er!"

„Ein Hohlraum? Ist da ein Stollen?", fragte Daniel.

Angelos reagierte erst nicht.

„Entschuldigung, wenn ich etwas Dummes gesagt habe", meinte Daniel kleinlaut.

„Nein, nein. Verdammt. Daniel, hol aus der Küche das iPad. Schnell!"

35

Kommissar Angelos Nikakis tippte auf dem iPad herum.

„Mykonos ist eine Bergbauinsel. Die Vorkommen lagen im Nordosten. Die Zentrale, die Sortier- und die Verladestelle waren in Kalo Livadi, ganz am Ende der Bucht. Einer der alten Bergarbeiter hat von Hand Karten der Anlagen gezeichnet – von den Stollen bei Merchias und der Anlage in Kalo Livadi. Ah, da ist sie!"

Angelos fluchte laut.

„Da ist tatsächlich ein Stollen – und eine Rutsche eingezeichnet. Die Rutsche führt von der Zentrale hinunter zur Mole!"

„Eine Rutsche? Zu was denn das?", fragte Daniel.

„So musste man die Säcke nicht hinuntertragen zur Mole – das sind gut 80 Meter Höhenunterschied. Hier steht ‚Stollen-Lager'. Ich denke, die Mole war zu klein und außerdem darf Baryte nicht nass werden. Wenn die See rau war, konnte kein Schiff anlegen, also musste man die Säcke trocken lagern. Das dürfte die Erklärung sein!"

Der alte Mantzaris, der die Karte erstellt hatte, lebte nicht mehr. Gleiches galt für den ehemaligen Geschäftsführer. Sicher gab es noch weitere ehemalige Mitarbeiter, aber die Zeit drängte.

„Der Stollen ist etwa 150 Meter lang. Aber es ist nur eine grobe Zeichnung – und von der Tunnelspitze sind es nur noch 150 Meter bis zum ‚Solymar'!"

„Ziemlich nah", meinte Daniel.

„Zu nah", antwortete Angelos und griff nach seinem Handy.

Yariv stöhnte, als er die Nachricht erhielt.

„Heißt: wir müssen über die Mole in den Stollen!"

„NEIN! Tut das nicht! Wenn oben jemand ist, könnte der über die Rutsche blitzschnell unten sein. Ihr hättet Männer VOR und HINTER euch. Ihr müsst euch von oben nach unten vorarbeiten!"

Nur mit wem, fragte sich Angelos. Yossis Männer mussten die Delegationen bewachen. Er konnte höchstens drei Männer abziehen, plus Yariv: zu wenig, um ein Fabrikgelände und einen Stollen zu stürmen.

Auch Yariv wusste es.

„Ich bin ein Totalausfall. Ich könnte keine Waffe ruhig halten!"

„Das ist mir klar" sagte Angelos. „Und du wirst dich nicht in Gefahr begeben für eine Farce! Hör zu. Du hast doch noch die Mini-Drohne im Auto. Die Ruine ist oben offen. Mit der Drohne könnt ihr sehen, ob jemand drinnen ist, wie viele und vor allem, wo sie stehen. Und den Zugriff soll Yossi durchführen. Du bleibst draußen!"

„Das geht nicht und das weißt du", antwortete Yariv.

„Vielleicht ist ja gar niemand in der Ruine oder in dem Stollen", sagte Angelos, aber sein Gefühl sagte ihm, dass dem nicht so war. „Fang erstmal mit der Drohne an. Du kannst das am besten! Und sag Yossi, er soll vorher Headsets verteilen und mein Handy dazuschalten! Daniel, Espresso!"

„Ist der immer noch da?". knurrte Yariv.

„Ich glaube nicht, dass er unser größtes Problem ist", raunzte Angelos zurück. „Du bleibst draußen. Keine Diskussion! Sonst komme ich persönlich nach Kalo Livadi!"

Yariv lachte.

„Wie denn? Auf einer breiten Sänfte?"

36

Zwei Männer. Schwarze. Das dürften unsere Somalis sein. Und eine Palette mit Säcken, auf denen ‚Pavo' steht", sagte Yariv.

„Kunstdünger. Bewaffnung?", fragte Angelos.

„Automatikwaffen!"

„Was meint Yossi?"

„Was wohl? Reingehen", sagte Yariv.

„Wenn, dann übernimmst du nur die Sicherung nach hinten!"

„Das geht nicht und du weißt, warum: wir haben die Somalis laufenlassen. Oder besser: ich! Ohne meinen Fehler wären die jetzt nicht hier!"

„Was keiner weiß", sagte Angelos.

„Jetzt schon", sagte Yossi amüsiert.

Dämliche Headsets, dachte Angelos.

„Yossi, du siehst es selbst: die Ruine liegt etwas unterhalb des Hügelkamms. Ich glaube,

Scharfschützen hätten von oben eine gute Schussposition! Du hast doch Scharfschützen dabei, oder?"

„Ja, zwei. Wir machen das schon. Yariv sichert rückwärtig. Ende!"

Von Agia Anna her kletterten die Snipers hoch zur Kuppe des Hügels und legten sich in Position.

„Möglichst zeitgleich. Nicht, dass einer noch die im Schacht alarmieren kann", befahl Yossi.

Auf dem iPad konnte er die Bilder der Drohne sehen. Die zwei Männer sackten gleichzeitig zusammen, fast geräuschlos.

„Und nun nach unten. Jetzt können wir über den Pier in den Stollen. Der Rutsche traue ich nicht!"

„Es ist eine Mole und kein Pier. Aber mit der Rutsche hast du recht. Wenn bei Tempo vierzig ein Stück fehlt, wird es unangenehm. Also runter in die Bucht und zu unserem Boot", sagte Yariv.

Mit dem Zodiac erreichten sie die alte Mole und gingen lautlos an Land. Der Eingang zum Schacht lag nur drei Meter hinter den Planken des Landungsstegs.

„Nachtsichtgeräte auf", befahl Yossi.

Der Stollen hatte eine Verschalung aus Holzbalken. Der Uferbereich in Kalo Livadi bestand aus lockerem Geröll, nicht aus Granit wie in der Bergbauregion im Norden.

Mehrere der Balken hing schon bedrohlich durch – kein Wunder 65 Jahre nach deren Errichtung.

Zudem hatte das Wasser direkt unterhalb des Stollens an der Konstruktion genagt.

„Keine Überraschung, dass der alte Krempel eingebrochen ist. Hoffentlich hält er wenigstens noch eine Stunde", sagte Yariv leise.

Yossi und er standen auf der linken Seite des Stolleneingangs, Mordechai, Yossis bester Schütze auf der rechten.

„Zwei Meter vorrücken", flüsterte Yossi.

„Warten!"

Doch es war keinerlei Geräusch zu hören, obwohl ein Stollen oder Tunnel immer schallverstärkend wirken.

„Irgendetwas ist hier faul", sagte Yossi leise.

In der Entfernung sah man einfallendes Licht. Es war die Stelle, an der der Bagger eingebrochen war.

„Wärmequelle 1300 unten", sagte Mordechai.

Jetzt sah es auch Yariv. Das Nachtsichtgerät zeigte eine andere Farbe an als die Umgebung.

„Wärmequelle auch auf 1200. Boden", ergänzte Yossi.

„Könnten zwei Schützen sein, die uns erwarten", warnte Yariv.

„Auf Position bleiben und warten!"

Es bewegte sich nichts. Erstaunliche Körperbeherrschung, dachte Yariv.

Dann sah er die Anzeige oben rechts.

„Wärmequelle links 34 Grad. Das können keine Menschen sein!"

„Korrekt", meinte Mordechai von der anderen Seite des Stollens.

„Langsam vorrücken. Deckung hinter dem nächsten Pfosten", befahl Yossi.

Wieder keine Reaktion aus dem hinteren Teil der Baryte-Lagerstätte.

Yariv wurde immer nervöser. Eine klare Lage wäre ihm lieber gewesen. Er schätzte die Entfernung auf etwa 100 Meter.

„Einzelschuss auf Zielobjekte", sagte Yossi.

„Bestätigung", antwortete Mordechai.

Die zwei Schüsse hallten wie Donnerschläge in der engen Röhre.

„Keine Reaktion!"

„Temperatur 33,8 Grad", sagte Yariv.

„Ich gehe vor. Gebt mir Deckung!"

Yossi legte sich auf den Boden und arbeitete sich langsam vorwärts.

Yariv hielt seine Uzi in Schussposition. Er zitterte leicht, denn die Müdigkeit machte sich bemerkbar.

Yossi hatte die Hälfte der Strecke zurückgelegt.

Da ist nichts, dachte Yariv. Yossi war schon nahe genug. Gegenfeuer hätte längst eingesetzt.

Zudem herrschte Stille. Yossi verursachte keinerlei Geräusch.

Die Anspannung stieg bei Yariv.

„Entfernung zum Ziel zehn Meter. Keine Reaktion!"

Plötzlich hörten Yariv und Yossi ein kratzendes oder schabendes Geräusch.

Dann sah Yariv eine Lichtquelle, die von oben nach unten und dann von rechts nach links schwenkte.

„Gesichert. Nachrücken", sagte Yossi.

Nach wenigen Sekunden schlossen Mordechai und Yariv auf.

Im Licht der Maglites sahen sie die zwei Wärmequellen.

„Kein Wunder, dass die Temperatur so niedrig ist!"

Unter dem Geröll lagen zwei Schwarze. Bei einem sah Yariv, dass am kleinen Finger zwei Glieder fehlten.

Ein angemessenes Ende für Vergewaltiger.

„Die Herren hatten Pech. Der Bagger und die morsche Decke waren unsere Verbündete", sagte Yossi.

Yariv nickte erleichtert.

„Zwei oben, zwei hier. Das müsste die ganze Gruppe sein!"

„Selbst wenn hinter dem Geröll Sprengstoff lagert, ist er momentan keine Gefahr. Kunstdünger braucht einen Zünder", sagte Yossi.

„Einsatz beendet!"

Mit diesen zwei Worten schien die Gefahr beseitigt – die Konferenz war sicher.

37

Am nächsten Morgen

Israelis wie Palästinenser hatten sich während des Zugriffs im Stollen in ihren Hotels verschanzt.

„Wieso riskieren wir unsere Köpfe? Für Politiker, die gleich große Reden schwingen und sich vor den Kameras aufplustern?", schimpfte Yariv.

„Da sind eure auch nicht besser", sagte Yossi.

„Stimmt. Deswegen ist der Satz trotzdem nicht falsch!"

Die beiden standen vor dem „Solymar", in dem die Verhandlungen nun endlich beginnen konnten.

Zwei Stunden später hatte man sich noch immer nicht auf die Art der Bestuhlung geeinigt. Die Hamas wollte nicht neben der Fatah sitzen, die Israelis standen nur daneben und grinsten.

Nach drei Stunden setzten sich die Teilnehmer, nur, um sogleich zu unterbrechen, um das Mittagessen einzunehmen.

„Das ist doch wohl ein Witz!", knurrte Yariv.

„Das ist der Nahe Osten in Reinkultur", meinte Yossi gelassen. „Außerdem wollte niemand diese Konferenz – außer den Amerikanern. Wir brauchen deren Unterstützung, die Palästinenser auch, also sehen wir ein Schauspiel, ohne jedes Drehbuch. mit schlechten Laiendarstellern. Das ist unsere Crux. Keine Männer mit Mut und Visionen. Vielleicht sollten Frauen verhandeln, am besten die Mütter der verstorbenen Söhne!"

Nach dem Essen ging es weiter.

Erster Punkt war der Status von Jerusalem.

„Das bedeutet, dass die Gespräche in zwei Stunden beendet sind. Ginge es darum, wirklich zu einem Kompromiss zu kommen, würde man die Jerusalem-Frage ausklammern. Da wird es nie zu einer Einigung kommen!"

Yarivs Ärger steigerte sich noch.

„Angelos würde die Bagage gemeinsam in eine Zelle sperren – bei Brot und Wasser!"

„Politik à la Mykonos. Mit einem gutaussehenden Diktator", sagte Yossi schmunzelnd.

„Demokratisch gewählt mit 93 Prozent!"

Das Geschrei aus dem Inneren wurde immer lauter. Zwei Delegierte wurden handgreiflich.

Plötzlich griff Yossi nach seinem Fernglas.

„Was ist?", fragte Yariv.

„Oben auf dem Berg tut sich was!"

„Und was?"

„Ich glaube, ich spinne. Dort oben springt Angelos herum!"

„WAS?", rief Yariv.

38

Zwei Stunden vorher

Als Angelos aufwachte, war Yariv schon wieder gegangen.

„Guten Morgen. Espresso und Rührei", sagte Daniel und kam mit einem Tablett zurück auf die Terrasse.

„Ich glaube, ich behalte dich", antwortete Angelos.

„Da hätte jemand was dagegen. Immerhin redet Yariv wieder mit mir!"

„Er war nur wütend auf dich!"

„Nein. In seinen Augen stand die nackte Angst. Die Angst, dich zu verlieren. Und das ist vollkommen in Ordnung!"

„Du hast es schon längst wiedergutgemacht. Außerdem kann dir niemand länger böse sein – nicht bei den Teddybär-Augen und dem Hundeblick!"

Daniel lachte laut.

„Schwere Geschütze, nicht wahr?"

„Um deren Wirkung du sehr wohl weißt", sagte Angelos mit einem Lächeln.

Daniels Handy begann zu vibrieren.

„Ah. Teddybär-Freund", meinte Angelos.

Das Gespräch begann freundlich, doch mit jeder Minute wurde Daniels Gesicht ernster. Zum Ende hin wurde es zunehmend laut. Um dies zu

erkennen, brauchte man keine Hebräischkennt-
nisse.

„Idiot", sagte Daniel nach dem Telefonat.

„Was ist?"

„Ach, er macht mir Vorwürfe. Als ob ich für seine
Entführung verantwortlich wäre. Ich habe meinen
Job riskiert, um ihm zu helfen. Wegen der
Passierscheine fliege ich hochkant raus. Dann
versteht er nicht, dass ich noch hierbleiben muss,
nein, will, bis Yariv sich wieder um dich kümmern
kann! Und dann hat er dich natürlich gegoogelt!"

„Oh herrje. Er glaubt, wir hätten etwas
miteinander? Schick ihm doch ein Bild meiner
unteren Etage", schlug Angelos vor.

„Um Gottes Willen. Er bekäme Minderwertigkeits-
komplexe!"

„Du solltest nicht wegen mir deine Beziehung aufs
Spiel setzen! Und von was willst du in Zukunft
leben?"

„Keine Ahnung. Ich mache nebenher einen auf DJ
in zwei Clubs in Jaffa, aber zum Leben reicht es
nicht!"

„Dann bewerbe dich doch bei den Clubs und Bars
hier auf Mykonos. Einen besseren Platz für DJs gibt
es nicht!"

„Die bekommen doch täglich Bewerbungen von
Hobby-DJs. Da habe ich keine Chance!"

„Stimmt. Wenn du nicht zufällig den Bürgermeister
kennen würdest, von dem die Clubbesitzer wissen,
dass man ihn nicht verärgern sollte. Zumindest
Probetermine kann ich dir verschaffen. Aber dann
musst du Leistung abliefern. Es liegt an dir. Es wäre

in jedem Falle spannender als ein Bürojob in einem Ministerium!"

„Du würdest mit den Clubs sprechen? Wirklich?"

„Natürlich. Die würden sich auch um ein Zimmer kümmern. Am Anfang kannst du auch hier wohnen", sagte Angelos.

„Du bist verrückt. Yariv würde ausflippen!"

„Das lass mal meine Sorge sein. Yariv wird begreifen, dass ich dir etwas schulde. Er steht nur momentan neben sich!"

„Danke. Und jetzt steht der Verbandswechsel an!" Angelos knurrte.

„Ich bin ganz zärtlich. Hm, das sieht schon viel besser aus. Die Hoden leuchten zwar noch in Regenbogenfarben, aber die Wunde verheilt gut! Den Verband lassen wir weg, ok?"

„Dann lassen wir jetzt auch deine Finger weg", knurrte Angelos.

„Zu spät", sagte Daniel und lachte laut los. „Dem Herrn Kommissar geht es offensichtlich besser!"

„Wir hätten dich doch einsperren sollen, wegen Gemeingefährlichkeit!"

„Aber nein. Wer würde dich dann mit Teddybär-Augen anschauen?", fragte Daniel. „Und wer würde Espresso machen?"

Angelos atmete tief durch.

Er spielt mit mir. Aber ich bleibe standhaft. Auch wenn es verdammt schwer ist.

Daniel kam zurück mit den Espressi.

„Lass mich raten: du denkst, ich spiele mit dir, oder? Dann lass mich fragen: Wo bin ich gerade?"

„Was für eine Frage: hier!"

„Eben. Ich weiche seit zwei Tagen nicht von deiner Seite, obwohl Hassan zuhause wartet. Also hast du wohl einen Platz in meinem Herzen!"

„Darüber freue ich mich wirklich, aber weiter geht es nicht, kann es nicht gehen. Ich bin verheiratet und das glücklich!"

„Das ist vollkommen in Ordnung. Nichts anderes habe ich von dir erwartet. Es muss nicht 'weitergehen' – zumindest jetzt nicht!"

Angelos seufzte.

„Ich bin dir dankbar und ich mag dich sehr, aber momentan habe ich den Kopf nicht frei. Außerdem mache ich mir Sorgen um Yariv. Irgendetwas stimmt nicht mit ihm und ich habe Angst, dass ihm etwas passiert. Er macht meine Arbeit, aber er steht irgendwie neben sich!"

„Du bist verletzt, Herrgott. Ein Kommissar, der nicht laufen kann und unter Morphin steht, hilft keinem. Aber ja: Yariv ist ein guter Ehemann!"

„Das ist er. Ich frage mich nur, warum er nicht anruft?"

„Wahrscheinlich haben sie das Signal blockiert. Mein Handy ging im ‚Solymar' auch nicht", sagte Daniel.

Er hat recht, dachte Angelos.

Festnetz. Nein, geht auch nicht; der eingebrochene Bagger hat die Leitung entlang der Uferstraße beschädigt.

„Ich hätte auch noch eine Frage zu gestern. Kam mir heute Nacht. Aber du musst mir versprechen, dass du nicht lachst", sagte Daniel.

„Nur zu. Raus damit!"

„Wegen des Stollens. Eine Druckwelle geht doch immer den Weg des geringsten Widerstands. Bei einem Stollen also nach hinten, in unserem Fall auch nach oben durch den eingebrochenen Bagger. Aber nach vorne? Der Stollen endet 150 Meter vor dem Solymar. Natürlich bebt die Erde, aber sonst? Das Solymar ist einstöckig und hat kein Dach, sondern nur Bambusmatten. Selbst eine große Explosion in einem Schacht würde keinen großen Schaden anrichten. Ein paar Menschen würden vielleicht verletzt durch herumfliegende Gegenstände – ein Blutbad gibt es mit Sicherheit nicht", sagte Daniel.

„Und was möchtest du mir damit sagen?"

Daniel zögerte.

„Was ist, wenn der Stollen nur ein Ablenkungsmanöver war?"

Angelos sagte zunächst nichts.

„Möglich. Nur: wir haben alle Möglichkeiten durchgespielt. Aber gut. Schauen wir uns noch einmal alle Satellitenbilder und Drohnenaufnahmen an. Du am Notebook, ich am iPad!"

„Zu Befehl, Boss!"

Angelos hatte ein ungutes Gefühl. Irgendetwas übersehe ich.

„Sag mal, wann ist eigentlich diese Seilbahn fertig?"

„Im Herbst. Leider. Noch so ein Schwachsinn, den ich nicht verhindern konnte!"

„Aber der Bau ruht momentan, nicht wahr?"

„Ja. Seit letzter Woche. Warum?"

„Vielleicht habe ich ja einen grauen Star. Aber vor vier Tagen hing dort nur ein Seil. Jetzt sieht man irgendeinen kleinen Kasten!"

„WAS? Zeig's mir!"

David gab Angelos das Notebook und vergrößerte die Aufnahme.

„Du hast recht. Irgendetwas ist da, was letzte Woche noch nicht da war. Ich … das ist eine Lore!"

„Und wo endet das Seil?"

„Hinter dem ‚Solymar'. Scheiße! Gut: du gehst hoch und holst mir Shorts und ein T-Shirt. Wir fahren hin!"

„Aber du kannst kaum laufen", widersprach Daniel.

„Deswegen fahren wir ja. Besser: du. Und dann brauchen wir noch die beiden Glocks. Schublade oben. Los!"

Angelos startete einen erbärmlichen Versuch aufzustehen. Aber er hatte keine Wahl.

39

Schon der Weg zum Fahrzeug wurde zur Tortur. Nur mit Daniels Hilfe konnte Angelos einsteigen. Die Fahrt machte es nicht besser. Jede Bodenwelle und jedes Schlagloch verursachten eine Woge des Schmerzes.

„Soll ich langsamer fahren?", fragte Daniel besorgt.

„N-nein", presste Angelos heraus. Er zog sich am Handgriff hoch, um den Unterleib wenigstens etwas zu entlasten.

„Rechts abbiegen, zum Flughafen! Dann um ihn herum!"

Daniel preschte am Airport vorbei und bog links ab auf die lange, gerade Straße direkt hinter der Start- und Landebahn. Danach wurde es wieder kurvig.

„Rechts? Nach Kalo Livadi wäre es links gegangen", sagte Daniel.

„Wir müssen uns über Elia nähern. Vom Strand in Kalo Livadi her würden sie uns sofort sehen", stellte Angelos fest. „Aber Vorsicht. Nach Elia führt eine Serpentinenstraße. Fahr langsam. Tot erreichen wir nichts mehr!"

Fünf Minuten später erreichten sie Elia Beach und bogen links ab.

Noch lächelte Daniel. Aber das würde sich gleich ändern.

Und so kam es auch.

Die Straße wurde immer steiler.

„Wieviel Prozent Steigung sind denn das?"

„Fünfunddreißig", antwortete Angelos. Aber es fühlte sich an, als würde es senkrecht nach oben gehen. An der engsten Stelle kam ihnen ein LKW entgegen.

Daniel fluchte und steuerte den SUV fast in den Graben.

Plötzlich endete die Straße.

„Und jetzt?"

„Was wohl? Weiter. Das ist ein Geländewagen. Genau dafür gemacht!"

„Mit ‚dafür' meinst du diesen Trampelpfad? Der ist nicht einmal einen Meter breit!"

„Das reicht. Weiter", befahl Angelos, bereute die Anweisung aber sogleich.

Mit den linken Rädern fuhr Daniel auf dem Pfad, die rechten Pneus hingegen fuhren sie über Geröll und teils große Steine.

Angelos lief das Wasser in Strömen von der Stirn. Jede Erschütterung schickte einen Strom an Schmerzen durch seinen Körper. Sein Kopf drohte zu platzen.

Sie kamen nur langsam vorwärts. Erst ging es wieder bergab, danach stieg der Pfad wieder steil an.

Sie erreichten den zweiten Hügel – dahinter lag die Bucht von Kalo Livadi.

„Halt an", sagte Angelos.

„Wieso hier?"

„Weil du zum Gipfel läufst, und dir das Ganze durch den Feldstecher ansiehst. Der erste Pfeiler steht etwa einhundert Meter tiefer. Am besten legst du dich oben flach auf den Boden. Dann kommst du wieder zurück!"

Daniel nickte und stieg aus.

„Halt! Setz das Headset auf", sagte Angelos.

Geduckt lief Daniel die letzten Meter bis zum Gipfel und legte sich hin.

„Was siehst du?", drängte Angelos.

„Ah. Jetzt wissen wir, warum Yossi und Yariv von unten nichts sehen. An dem Mast hängt ein Werbetransparent!"

Stimmt. Er hatte es vor drei Wochen genehmigt. Aber hing es auch schon bei der Begehung? Gerade als er das Video anklicken wollte, meldete sich Daniel erneut.

„Mir scheint, die Lore ist aus Holz und ziemlich klein. Die Räder sind im Vergleich dazu riesig!"

„Eine Spielzeuglore aus Holz. Die kannst du bei Amazon bestellen. Kostet keine dreißig Euro. Einfach größere Rollen dran – fertig!"

„Bläst der Wind das Ding nicht einfach runter?", fragte Daniel.

„Nein. Unten ist ein Führungsring zum Biegen, außerdem bietet eine kleine Lore zu wenig Angriffsfläche für den Wind!"

„Halt. Warte!"

Daniels Stimme wurde leiser.

„Da turnt einer zwischen den Streben herum. Er klettert nach oben!"

„Schau nach wie der Pfad verläuft. Und komm sofort zurück", befahl Angelos.

„Und jetzt?", fragte Daniel, als er wieder am Steuer saß.

„Du fährst über die Kuppe auf den Pfeiler zu. Zwanzig Meter davor bremst du und ziehst das Auto leicht nach links, damit ich aus dem Fenster schießen kann", sagte Angelos. „Los!"

Die Reifen drehten durch, dann schoss der Wagen über die Hügelspitze.

Natürlich sah und hörte Karim das sich nähernde Auto. Aber seine Handlungsmöglichkeiten waren beschränkt. Er stand auf den Querstreben etwa acht Meter über Grund und ohne jegliche Deckung. Seine einzige Option war ein schneller Sprung in die Tiefe. Er blickte nach unten. Er würde auf den Betonsockel knallen und sich dabei verletzen. Dennoch könnte ich es bis zum Klippenrand schaffen, dachte Karim. Er kletterte die noch fehlenden zwei Meter bis zur Spitze des Pfeilers und schubste die Lore leicht an. Aber die ausgeübte Kraft war zu gering. Die Lore bewegte sich nur wenig.

Karim fluchte, aber er wusste: ich muss weg.

Selbstmordattentate sind etwas für hirnlose Idioten.

Gerade als er zum Sprung ansetzen wollte, wirbelte der Wind ihm Staub in die Augen. Es waren die fünf Sekunden, die Angelos brauchte.

Daniel bremste scharf und stellte den Wagen quer. Auf dem Querbalken stehend bot Karim ein Ziel, das man nicht verfehlen konnte.

Angelos schoss – und der Mann kippte nach vorne. Als er mit dem Kopf auf dem Sockel aufschlug, hörte man ein lautes Knacken.

„Und wie holen wir jetzt das Ding herunter?", fragte Daniel.

„Gar nicht. Schau hin. Es bewegt sich", rief Angelos.

Und tatsächlich rutschte die Lore langsam am Führungsseil herunter.

„Vollgas und den nächsten Pfosten rammen", rief Angelos.

„Dein Ernst?", fragte Daniel.

„LOS! Auf mein Zeichen raus!"

Daniel beschleunigte den Wagen auf der holprigen Straße. Angelos blickte zu der Lore. Sie würden den Pfosten erst erreichen, nachdem die Lore diesen passiert hat, aber…

Die letzten Meter gab Daniel Vollgas. Der SUV hob ab und knallte mit Tempo 50 gegen den Mast.

Wenige Augenblicke zuvor sprangen Angelos und Daniel aus dem Fahrzeug.

Daniel landete auf der betonierten Straße. Angelos hingegen hatte Glück und landete auf einem Kieshaufen.

Der Pfeiler hatte gewackelt, gerade so viel, dass das Seil in Schwingung geriet. Angelos sah, dass eine der Rollen aus der Führung sprang. Die andere jedoch saß noch auf dem Seil. Die Lore rutschte weiter. Mit einer schwereren Ladung wäre sie abgestürzt, aber ab diesem letzten Pfeiler ging es steil bergab.

Jetzt bestimmte allein die Schwerkraft den Lauf der Dinge.

Angelos erkannte, was passiert war: Beide Rollen waren aus der Führung gerutscht, aber die Lore saß nun auf dem Metallstück auf, an dem die Räder montiert waren. Wenn auch in Schräglage und mit größerer Reibung durch das Seil, war eines klar: sie steuerte noch immer in Richtung Ziel.

Handysignal blockiert, keine Headsets mit Verbindung zu Yossi oder Yariv.

Natürlich würden sie den Crash gesehen haben, aber bis sie ahnen würden, was passiert ist, würde die Lore das „Solymar" erreicht haben und dann würde …

„Daniel. Renn! RENN SO SCHNELL DU KANNST!"

Daniel rappelte sich auf und rannte los.

Angelos blickte abwechselnd auf Daniel und die Lore. Letztere rutschte auf direktem Weg nach unten, Daniels Weg verlief erst geradeaus und bog dann rechts ab.

Die letzten 200 Meter des Seils hatten aber nur noch ein geringes Gefälle. Er könnte es tatsächlich schaffen.

Renn, Daniel, renn!

Vielleicht steht Yariv ja am oberen Ende des „Solymar", aber Angelos wusste, dass dies Wunschdenken war. Yariv würde im vorderen Teil stehen, an der Bar, denn von dort hatte man alles gut im Blick.

Wie konnte der Mann unbemerkt zu dem Pfeiler vordringen? Diese Frage hatte sich Angelos schon gestellt, als Daniel die erschreckende Beobachtung vom Hügel aus gemacht hatte. Wie von ihm angesprochen, war ein Stacheldraht kein Hindernis, wenn er nicht bewacht wird, Aber die Bewegungsmelder hätten anschlagen müssen.

Doch Angelos wusste, dass sie sorgfältig positioniert werden mussten. Weder zu hoch noch zu tief und vor allem: im richtigen Winkel.

Hinzu kam: die Entdeckung der Männer im Stollen hatte allen das Gefühl vermittelt, die Gefahr sei vorüber. Dann begriff er: der Mann hatte die Sperren überwunden, als das Team im Stollen war. Die Nacht war sicher unangenehm, aber was tut man nicht alles für den Heiligen Krieg, dachte Angelos.

Hilflos lag Angelos am Rand der Klippe und verfolgte das Wettrennen Daniel gegen Lore.

40

Yariv und Yossi standen tatsächlich an der Bar des „Solymar".
Genervt verfolgten sie, wie der Streit zwischen Unterhändlern immer mehr eskalierte.

„Noch zwei Minuten, dann stürmen die ersten hinaus und mit viel Glück war´s das", sagte Yossi.

Es wurden vier Minuten. Wild schimpfend und heftig gestikulierend verließen die Delegationen den Verhandlungsort.

Plötzlich stutze Yossi.

Erst glaubte er an eine Sinnestäuschung, doch dann sah er, dass ein Mann vom hinteren Ende des Strandes auf sie zu rannte.

Yossi griff nach dem Fernglas, Yariv zog seine Waffe.

„Sprengstoffweste?", fragte Yariv panisch.

„Das ... das ist Daniel. Was will der denn hier? Sein Posten wurde neu besetzt!"

Daniel kam immer näher.

„Warum rennt der so?", fragte Yariv.

Instinktiv verließ er das Gebäude und blieb auf dem hölzernen Weg stehen.

Warum dreht er sich immer um? Dahinter ist niemand, dachte Yariv.

Und Daniel wurde nicht langsamer.

Er rennt mich um.

Als Yariv zur Seite gehen wollte, sprang Daniel ab und begrub Yariv unter sich.

„Verflucht, was soll das?", schrie Yariv verärgert.

Dann gab es einen großen Knall. Daniel spürte, wie sein Körper von kleinen Trümmerteilen getroffen wurde.

Allerdings hatte er mit einer größeren Explosion und vor allem einer stärkeren Druckwelle gerechnet.

Er klopfte sich Sand und Staub von der Kleidung und ging um die Ecke.

Die Lore war auf den letzten Pfeiler geprallt, flog aber nach oben und landete zehn Meter weiter hinten, bevor sie explodierte. Es brannte das Gebüsch um die Einschlagsstelle.

Die Seitenwand des Gebäudes blieb stehen, lediglich die Bambusmatten auf dem Dach hatte es weggeschleudert. Im Inneren flogen Flaschen und Gläser von den Regalen.

Yariv griff sich an den Hinterkopf. Auf seinen Fingern sah er Blut.

Daniel setzte sich erschöpft auf die Stufen und ließ den Kopf hängen.

„Alles in Ordnung?", fragte Yariv.

Daniel nickte.

„Für einen alten Mann nicht schlecht, oder?"

Yariv lachte.

„Du bist gerade mal dreißig – und sieht aus wie zwanzig!"

„War das ein verstecktes Kompliment?", fragte Daniel mit einem Grinsen.

„Das darfst du verstehen, wie du möchtest. Danke! Und wo bitte ist mein Gatte?"

Mit dem rechten Arm deutete Daniel auf den Berg.

41

Taxi nach Ornos, bitte. Und: warum dauert das so lange?", sagte Angelos, als Yariv, Yossi und Daniel nach zehn Minuten das Autowrack am obersten Pfeiler der Seilbahn erreichten.

„Unser schönes Auto", jammerte Yariv gekünstelt.

„Versicherungsfall. Der Fahrer war jung und unerfahren", meinte Angelos. „Typischer Mykonos-Urlaubsfahrer!"

Daniel lachte.

„Dafür werde ich dich später quälen", sagte er.

„Und Yossi: Deinen Stacheldraht kannst du dir in Zukunft um den Fuß wickeln und den Trottel, der den Bewegungsmelder positioniert hat, solltest du in die Wüste schicken", sagte Angelos mit einem Grinsen, denn er wusste: es war Yossi selbst, der die Melder oben am Hügel überprüft hatte.

„Wie viele Verletzte?", fragte Angelos vorsichtig.

„Zwei Kellner, denen eine Flasche an den Kopf geflogen war!"

„Und die Delegationen?"

„Ach, du weißt es noch gar nicht?", fragte Yossi.

„Was denn?"

„Äh. Die Herren bekamen sich kurz vorher so in die Wolle, dass eine handfeste Prügelei losging. Die Delegationen sind in ihre Hotels zurück. Vor ein paar Minuten sind die ersten zwei Gruppen abgereist!"

„Das alles war für die Katz?", fragte Angelos aufgebracht.

„Nein, denn Yossi und ich hätten durchaus sterben können. Der Zufall und unser neuer Freund hat es verhindert", sagte Yariv. „Ich denke, du kannst heute nach Tel Aviv zurückfliegen – zu Hassan!"

Daniel schaute Angelos verlegen an.

„Äh, Kleiner. In deiner Abwesenheit ergab sich eine kleine Planänderung", sagte Angelos.

Yariv schüttelte den Kopf.

„Man kann dich einfach nicht alleine lassen!"

42

Das gibt es doch nicht", knurrte Premierminister Antonis Migiakis. „Ich wollte morgen nach Mykonos fliegen, um die Delegationen zu ermutigen!"

„Nein. Du wolltest ein paar schöne Bilder. Die etwas abgetakelte Friedenstaube aus Athen", stichelte Angelos.

„Auch der Herr Bürgermeister ist nicht mehr ganz taufrisch", knurrte Migiakis. „Immerhin ist wenigstens nichts passiert!"

„Nein. Wir hatten alles jederzeit im Griff!"

Ja, dachte Angelos, außer meinen tiefer hängenden Eiern, fünf toten Somalis, einem toten orthodoxen Juden und einem Palästinenser, plus zweier Bomben.

Jaja: die Konferenz verlief reibungslos.

Angelos vergaß auch zu erwähnen, dass alle Leichen ihre letzte Reise irgendwo zwischen Mykonos und Naxos angetreten hatten. Leichen werfen immer Fragen auf. Und Fragen nerven Kommissar Angelos Nikakis.

„Noch etwas anderes: morgen kommt der emiratische Botschafter. Es geht um eine Seilbahn auf Mykonos", sagte Premierminister Migiakis.

„Nun, die Seilbahn gehört zu einem Resort mit dem bescheuerten Namen ‚Kalifa'. Aber leider haben die Behörden auf Mykonos bei einer Prüfung der Statik festgestellt, dass einer der Pfeiler Risse am Fundament aufweist", sagte Angelos.

„Dann sollen die eben einen Neuen setzen!"

„Äh, nein. Die Behörden auf Mykonos haben grundsätzlich Zweifel an der Belastbarkeit des Bodens. Es wurde ein geologisches Gutachten in Auftrag gegeben. Leider aber sind die kompetenten Geologen auf Monate ausgebucht!"

„Ich habe verstanden. Die ‚Behörden auf Mykonos' bist du und dir ist diese Seilbahn ein Dorn im Auge!"

„Für einen Premierminister bist du erstaunlich schlau!"

„Unverschämt wie immer. Ich verweise den Botschafter an dich!"

„Oh nein. Du hast mich mit der Konferenz reingelegt. Du löst deine Probleme erst mal selbst!"

Dass der Pfeiler von einem SUV gerammt wurde und besagtes Auto ihm selbst gehörte, war Angelos Nikakis kurzfristig entfallen.

43

Acht Wochen später

Was zum Teufel machen wir hier?", brüllte Yariv Angelos an. „Wir sind hier mit Abstand die Jüngsten!"
Die Bässe ließen den Boden erzittern, auf der Tanzfläche hüpften überfröhliche Partygänger um die Wette.
Waren wir früher genauso, fragte sich Angelos
„Nach draußen? BITTE!", flehte Yariv.
Es war fünf Uhr morgens und die beiden älteren Herren, beide um die 30, waren müde – und genervt.
„Gerne", sagte Angelos. „Machen wir es wie die 16-jährigen bei ihrem ersten Mykonos-Urlaub. Wir wälzen uns in den Dünen …"
„Wir legen uns höchstens auf die Sunbeds. Und warten auf das Ende dieses Martyriums. Wie lange soll das noch gehen?"
‚Noch eine halbe Stunde, dann hat Daniel Feierabend!"
„Hoffentlich ohne Zugabe", knurrte Yariv.

„Nun sei doch nicht so. Es ist Daniels erster Abend im ‚Scorpio´s'. Und offensichtlich gefällt es den Reichen und Schönen!"

Vier Wochen lang hatte Daniel tagsüber im ‚Queens' aufgelegt.

„Ich vermute, du hast Kostas massiv bedroht!"

„IIICHH? Das würde ich niemals tun. Aber die Aussicht, den Laden eine Stunde länger offen zu halten, spielte wohl eine gewisse Rolle", antwortete Angelos vergnügt.

Vierzig Minuten später gesellte sich ein aufgeputschter Daniel zu den beiden an den Strand.

„Das war der bisher beste Abend meines Lebens. Ich bin dir so dankbar, Angelos. Danke, dass Ihr dabei wart. Wollen wir?"

Die drei gingen zum Parkplatz, der sich bereits geleert hatte.

„Also, Daniel. Wir sehen uns dann zuhause", sagte Angelos.

Daniel schaute ungläubig.

„W-wie meinst du das? Soll ich nach Ornos laufen?"

Angelos grinste und holte einen Autoschlüssel aus der Hosentasche.

„Das dazugehörige Auto, ein Smart, steht dort an der Mauer!"

„Du hast mir ein Auto gekauft?", fragte Daniel ungläubig.

„WIR. Dann bist du unabhängig!"

„Und wir müssen nicht mehr bis früh um sechs am Strand sitzen", knurrte Yariv.

Als Yariv und Angelos losfuhren, stand Daniel noch immer regungslos mit dem Schlüssel in der Hand an derselben Stelle.

„Damit wirst du für ihn endgültig zum Gott", sagte Yariv.

„Eifersucht ist unangebracht. Ich habe ein großes Herz. Da ist auch ein bisschen Platz für Daniel! Darf ich keinen Freund haben?"

Yariv grinste.

„Natürlich darfst du. Ich besitze dich nicht. Ich nehme an, Daniel will sich heute noch bei dir bedanken!"

„Ohne ihn wärst du nicht mehr am Leben. Wir sollten uns also bei IHM bedanken. Und auch nur, wenn du willst! So lautet unsere Vereinbarung, oder nicht? Außerdem: wenn ich mich recht an unsere erste gemeinsame Nacht erinnere, hat sich Daniel mehr um dich gekümmert als um mich. Ich war quasi nur ein Zaungast!"

„Wir wissen warum. Und du bist nie nur Zaungast, dafür ist die Latte …"

„Klappe!"

„Beruhige dich. Nächste Woche bekommt er sein eigenes Zimmer in Paraga und als DJ im ‚Scorpio´s' wird er ohnehin jede Woche einen anderen Liebhaber haben", sagte Yariv, bedauerte es aber sofort.

Angelos´ Blick verfinsterte sich.

Und er schwieg.

„Entschuldige, das war fies!"

„Ja, das war es. Zum ersten: ich war dir immer treu. Zweitens: ich werde es auch in Zukunft sein. Drittens: ich mag Daniel. Sehr!"

„Du liebst ihn", sagte Yariv.

„HALT AN. SOFORT!"

„Hier? Ich wollte keinen Streit vom Zaun brechen!"

„HALT AN!"

Yariv fuhr kurz vor dem Kreisverkehr rechts ran.

„Hör zu. Wenn ein Ehemann fremd geht, liegt das erstens daran, dass man den Partner nicht mehr liebt. Oder zweitens, dass das Sexleben unbefriedigend ist. Drittens: die Person ist unfähig, eine Beziehung zu führen. Glaubst du, einer der drei Punkte trifft auf mich zu?", fragte Angelos.

„Überhaupt nicht. Ich zweifle doch nicht an dir!"

Nach kurzem Zögern fügte Yariv hinzu:

„In der Nacht, als ihr auf der Terrasse geschlafen habt, bin ich nachts in die Küche, weil ich Hunger hatte. Ihr beide lagt auf dem Sunbed. Du auf dem Rücken, Daniel daneben und sein Kopf lag auf deiner Brust!"

„Daniel ist nach mir eingeschlafen, und zwar auf dem Stuhl. Er muss sich später zu mir gelegt haben. Und was ist daran schlimm? Der Junge war fertig", antwortete Angelos. „Ich liebe dich, ich bleibe bei dir und werde dir nicht untreu. Und wahrscheinlich hast du recht: er wird in Kürze einen festen Freund haben. Dann kommt er nur noch sporadisch zu uns und dann legt sich meine Verwirrung!"

„Nein. So einfach wird es nicht werden!"

„Warum?", fragte Angelos.

„Du bist doch sonst nicht so begriffsstutzig: Daniel ist in dich verliebt. Aber wir kriegen das gemeinsam hin. Und ja: ich vertraue dir", sagte Yariv und fuhr wieder los. „Vielleicht achtest du nachher mal auf seine Augen, seinen Blick ..."

Das brauche ich nicht, dachte Angelos. Ich weiß es schon ...

PROLOG

Die Hitze war unerträglich. Die Sonne brannte ohne Erbarmen von einem wolkenlosen Himmel. Nicht einmal der Meltemi, der stramme Nordwind der Ägäis, blies, obwohl er im August üblicherweise für Abkühlung sorgte.

Die Hitze verstärkte den Durst ins Unerträgliche.

In dem Boot saßen etwa vierzig Personen, die meisten davon Männer.

Drei Tage waren vergangen, seitdem sie Bengasi verlassen hatten, mit einem Kanister übelriechenden Wassers und einem Paket mit Trockenkeksen.

Die Mehrzahl lag apathisch und von Hunger und Durst geschwächt an den Luftkammern des großen Schlauchboots.

Das Wasser war bereits einen Tag zuvor ausgegangen, der Sprit vor zwei Stunden.

Ein älterer Mann beugte sich über den Rand und trank Meerwasser aus seiner Hand. Es würde ihn umbringen.

Hamid Nizar war einer der wenigen, die noch bei klarem Verstand waren. Er hatte einen Vorteil, der ihn schon auf den bisherigen Etappen half: er war Sportler, genauer: Langstreckenläufer.

Durst und Hunger kannte er.

Zwei Stunden später waren die ersten tot, aber die anderen hatten keine Kraft, die Leichen über Bord zu werfen. Es stank nach Urin und Kot.

Hamid Nizar hielt es erst für eine Fata Morgana, aber jetzt war er sich sicher: am Horizont näherte sich ein Boot. Es war ein schnelles Boot, denn nach nur ein paar Minuten stoppte es neben dem Zodiac.

Die meisten registrierten es gar nicht, so apathisch waren sie bereits.

Wir werden gerettet, dachte Nizar. Doch dann sah er, dass die Männer auf dem Boot, alle in schwarz gekleidet, Waffen in den Händen hielten.

Ein Mann mit Bart deutete auf einen hellhäutigen Mann, der am, anderen Ende des Schlauchbootes saß.

Er reagierte nicht.

"YOU! COME", sagte der bärtige Mann und schlug dem Hellhäutigen mit einer Stange auf den Kopf.

Langsam drehte er den Kopf.

Der Bärtige feuerte eine Salve ab.

Die anderen Bootsinsassen wurden ängstlich und drängten den Mann, der Anweisung des Bärtigen zu folgen.

In Zeitlupe kroch der Hellhäutige in Richtung des Schnellbootes.

Er spürte, wie mehrere Arme ihn packten und an Bord zogen. Als er aufschaute, waren mehrere Waffen auf ihn gerichtet.

Andere dachten, sie würden gerettet, aber der Bärtige schlug wieder mit der Stange auf die Menschen ein.

Zwei Junge Männer aus dem Schlauchboot sprangen ins Wasser und versuchten, auf die andere Seite des Schnellbootes zu kommen.

Der Bärtige ging nach Backbord.

Dann fielen zwei Schüsse.

Was ist hier los, fragte sich der Hellhäutige, der auf dem Boden des Schnellbootes lag.

Plötzlich spürte er einen Stich im Rücken und streckte sich.

Er sah die Machete nicht.

Es war ein schneller Tod.

Der Bärtige packte den abgetrennten Kopf und warf ihn in das Schlauchboot.

Niemand rührte sich, teils aus Apathie, teils aus Angst.

Es war totenstill.

Dann heulten die Motoren des Schnellbootes auf.

Eine Minute später war es wieder still.

Das Boot dümpelte vor sich hin.

Nizar nahm seine letzten Kräfte zusammen, packten den abgetrennten Kopf und warf ihn ins Meer.

Dann ließ er sich erschöpft nach hinten fallen.

Er befand sich 60 Seemeilen südöstlich von Mykonos.

In den folgenden Stunden flaute – ungewöhnlich für August – Südostwind auf. Der abgetrennte Kopf hingegen wurde von der Meeresströmung unter Wasser erfasst. Sie ließ ihn deutlich schneller als das Boot nach Norden treiben.

Östlich von Naxos treffen zwei Strömungen aufeinander. Und so bekam der Kopf Gesellschaft.

MYKONOS CRIME 29

Der Strand der toten Köpfe

erscheint voraussichtlich im Februar 2022

Am Paradise-Strand werden eines Morgens mehrere Köpfe angespült. Auch an den folgenden Tagen erschrecken Leichenteile die Urlauber. Die Presse nennt den Strandabschnitt bald den „Strand der toten Köpfe" und viele Touristen reisen ab. Kommissar Angelos Nikakis kämpft nicht nur für die Aufklärung der Todesfälle, sondern auch gegen die alte Legende von. „Poseidons Kindern"

MYKONOS CRIME 30
Der Vampir von Paraga

In einer Villa in Paraga findet ein russischer Oligarch seine ermordete Tochter. Die Leiche ist vollkommen blutleer. Drei Tage wird ein weiteres Mädchen umgebracht, dieses Mal die Tochter eines saudischen Prinzen. Auch bei ihr wurde das gesamte Blut ausgelassen. Während die Medien schon vom „Vampir von Paraga" sprechen, muss Kommissar Angelos Nikakis fast unlösbare Aufgaben erfüllen: den Täter rechtzeitig finden, den Killer stoppen, den die beiden Väter engagiert haben. Und zuletzt: er ist so verliebt, dass er unvorsichtig wird.

Bisher erschienen auf Deutsch:

Paul Katsitis - Engel der Finsternis 28

Ausgerechnet auf Mykonos sollen Friedensverhandlungen zwischen Israelis und Palästinensern stattfinden. Ein logistischer Alptraum für Kommissar Angelos Nikakis. Die Bucht von Kalo Livadi scheint sich hervorragend dafür zu eignen. Leicht absperrbar, mit eigenen Molen und einem Heliport. Aber er macht sich keine Illusionen. Unangemeldete Gäste mit düsteren Absichten werden den Gipfel ebenfalls „besuchen".

Paul Katsitis – Goldrausch 27

Von wegen: der Wohlstand von Mykonos beruht auf dem Tourismus. Nein. Während auf den anderen Ägäis-Inseln gehungert wurde, genoss Mykonos durch seine Bergwerke eine Sonderstellung.
Zwar wurden die letzten Minen vor vierzig Jahren geschlossen, plötzlich aber werden zwei Geologen in einem Schacht tot aufgefunden. Und ein amerikanischer Konzern zeigt auffälliges Interesse an den Bergwerken. Ihr Gegner: Kommissar und Bürgermeister Angelos Nikakis. Als eine Freundin ermordet wird und sich herausstellt, dass die Firma dafür verantwortlich war, wird die Angelegenheit mehr als persönlich.

Paul Katsitis – Smyrna 26

Ein van Gogh, der 1922 in Smyrna verschwand,
brachte keinem der Besitzer Glück. Alle seine Besitzer
starben eines gewaltsamen Todes.
Hundert Jahre später taucht das Gemälde auf
Mykonos auf und bringt Kommissar Angelos Nikakis in
Lebensgefahr.

Paul Katsitis – Schläfer 25

Kommissar Angelos Nikakis hat gleich zwei haarige
Fälle zu lösen: in Saloniki explodiert eine Bombe und
vor Mykonos werden auf einer Party-Yacht vier leblose
Körper gefunden, allerdings ohne jegliche
Verletzungen. Mysteriös – und nur langsam lassen sich
die Fäden verbinden. Mit einer schlimmen Vermutung:
Der Täter lebt seit Jahren auf der Insel. Ein Schläfer.

Paul Katsitis – Lebendig begraben 24

Ein Anrufer behauptet, unter einer frisch asphaltierten
Straße auf Mykonos läge ein lebendig begrabener
Mann. Kommissar Angelos Nikakis hat erst seine Zweifel
– und scheut die Kosten. Als er sich doch dazu
entschließt, die Straße aufreißen zu lassen, zeigt sich: in
einer Kammer darunter liegt tatsächlich eine männliche
Leiche. Damit nicht genug: im Magen des Toten findet
sich ein USB-Stick.

Paul Katsitis – Sisa 23

Drogen und Mykonos ziehen sich wie Magnete gegenseitig an. Da der Effekt nicht zu stoppen ist, hat Kommissar Angelos Nikakis mit dem größten Drogenhändler der Ägäis, Abu Bakar, ein Abkommen getroffen: keine gestreckte Ware, begrenzte Menge, keine Lieferung an Jugendliche und keine Gewalt auf der Insel. Im Gegenzug drückt Angelos beide Augen zu, auch weil er die übliche Drogenpolitik für Heuchelei hält. Seit drei Jahren gab es keine Drogentoten mehr – der Deal funktioniert. Doch nun taucht ein neuer Player auf, der das Monopol mit Gewalt brechen will. Beim Angriff auf Abus Yacht wird diese zerstört und Abu schwer verletzt. Angelos hilft Abu, denn er will Ruhe auf Mykonos – doch die Rechnung bezahlt Angelos´ Ehemann Yariv.

Paul Katsitis – Pontifex 22

Das Oberhaupt der orthodoxen Kirche, Hieronymus, besucht Mykonos. Ein unangenehmer Termin für den schwulen und atheistischen Bürgermeister und Kommissar Angelos Nikakis.
Während des Besuchs wird der Staatssekretär des Metropoliten ermordet aufgefunden.
Hieronymus bittet Angelos um Hilfe, denn es geht nicht nur um einen Mord, sondern um die schiere Existenz der griechischen Kirche. Ein Pergament aus dem 4. Jahrhundert stellt deren Zukunft infrage.

Paul Katsitis – Yariv 21

Mykonos im Juni: gähnend leer, dank Corona. Nach der Öffnung der Insel ist es vorbei mit der erzwungenen Ruhe: im Haus eines hochrangigen Politikers wird eine tote Frau gefunden.
Und Kommissar Angelos Nikakis hat noch ein weiteres Problem: sein Kollege Yariv wird bei einem Einsatz in Athen schwer verletzt.

Paul Katsitis – Darknet 20

An der Uferpromenade mitten in Mykonos-Stadt wird die Leiche eines jungen Mädchens gefunden, das niemand kennt. Gefoltert und vergewaltigt.
Als ein zweites Opfer gefunden wird, vermutet Kommissar Angelos Nikakis, dass er es mit einem Pädophilenring zu tun haben könnte. Zusammen mit seinem Athener Kollegen Yariv Markaris, einem Darknet-Spezialisten, nimmt er die Spur auf. Er stößt dabei auf Beteiligte, die aus den höchsten Kreisen in Athen stammen und die ihre eigene „Flüchtlingspolitik" verfolgen.

Paul Katsitis – Carneval 19

Carneval in Griechenland? Bestimmt nicht, denken viele. Von wegen: Rosenmontag ist einer der wichtigsten Feiertage. Doch auf Mykonos wird Carneval gestört: in der Nähe von Kalafati wird ein Motorradfahrer tot aufgefunden. Obwohl der Kopf abgetrennt wurde, gelingt es Kommissar Angelos Nikakis schnell, ihn zu identifizieren: das Opfer ist ein

Emirati, Landsmann von Angelos´ Ehemann Khaled.
Zufälle gibt es nicht, sagt Angelos immer – und leider
behält er Recht.

Paul Katsitis – Tödliche Libido 18

Auf einem Kreuzfahrtschiff wird ein 19-jähriger Steward
vermisst.
Kommissar Angelos Nikakis nimmt den Fall zunächst
nicht ernst. ‚Der Junge macht sich auf Mykonos ein
paar schöne Tage‘, denkt er. Und es gibt keine Leiche.
Doch er täuscht sich. Eines Abends besucht ihn der
Premierminister, Antonis Migiakis, der mit Angelos
befreundet ist und gesteht, dass der junge Pavlos sein
heimlicher Liebhaber war.
Kurz darauf melden sich die Entführer – und die
Forderungen haben es in sich. Angelos muss den
Jungen finden, sonst ist Migiakis politisch erledigt.
Und zur Lösung des Falls braucht er die Hilfe eines
altbekannten Drogenbarons: Abu Bakar.

Paul Katsitis – Botschafter 17

Kommissar Angelos Nikakis und sein Partner Khaled
retten ein Kind vor dem Ertrinken. Es ist zufällig der Sohn
des israelischen Botschafters. Aus Dankbarkeit wird der
Botschafter der Trauzeuge von Angelos und Khaled.
Einen Tag später zerreißt eine Bombe dessen Wagen.
Was zunächst nach einem Terrorakt aussieht, entpuppt
sich als ein Geflecht aus Kunstdiebstahl, Verschwörung
und Mord. Und Kommissar Nikakis muss tief in der
Vergangenheit wühlen.

Paul Katsitis – Spione 16

Ein russischer Überläufer soll über Mykonos in den
Westen geschleust werden. Auf der Kykladen-Insel soll
er sich in einer der zahlreichen Schönheits-kliniken eine
gesichtsveränderte Operation
unterziehen. Kommissar Angelos Nikakis soll den
Agenten während des Aufenthaltes schützen. Kein
größeres Problem, denkt er. Bis plötzlich drei
Geheimdienste auf der Insel am Werke sind. Und sich
letztlich Angelos´ Leben für immer verändert.

Paul Katsitis – Khaled 15

Eine Explosion auf Delos töten einen Archäologen.
Das erste Rätsel für Kommissar und Bürgermeister
Angelos Nikakis. Das zweite Rätsel hingegen – wen
er denn nun liebt – löst sich: er trennt sich von Alex
und zieht zu Kronprinz Khaled. Doch zwei Tage
später wird dieser von einem Attentäter
niedergeschossen

Paul Katsitis – Trauma 14

Chefermittler und Bürgermeister Angelos Nikakis glaubt
es zunächst nicht: auf der trockenen Insel Mykonos so l
ein Golfplatz errichtet werden. Als Nikakis den Investor
trifft, glaubt er ihn zu kennen. Bevor er sich erinnert,
ereignen sich zwei Morde.
Angelos´ Ehemann Alex findet währenddessen heraus,
woher Angelos den Investor kennt.
Bald geschieht ein dritter Mord. Und der Täter ist Alex.

Paul Katsitis – Royals 13

Zehn Seemeilen entfernt von Mykonos wird ein großes Gasfeld entdeckt. Bürgermeister und Kommissar Angelos Nikakis greift zu allen (auch illegalen) Tricks, um Bohrtürme in der Ägäis zu verhindern.
Als dann eine Prinzessin des Emirats Katar während eines Besuchs auf Mykonos entführt wird, scheint es zunächst nicht so, als würde ein Zusammenhang bestehen. Wenige Tage später ist die Prinzessin tot – und Angelos Nikakis sitzt im Gefängnis.

Paul Katsitis – Der Putsch 12

1967 putscht in Griechenland das Militär. Hellas und auch Mykonos ächzen unter der Diktatur.
52 Jahre später gibt es wieder einen Regierungswechsel in Athen. Doch die Ereignisse von damals werfen ihre späten Schatten.
Ein Flugzeugabsturz und Kommissar Angelos Nikakis sorgen dafür, dass es zu einem politischen Erdbeben kommt.

Paul Katsitis – Glut 11

Der Alptraum aller Chora-Bewohner wird wahr. Ein Großbrand wütet in den engen Gassen der Stadt. Eine knifflige Aufgabe nicht nur für die Feuerwehr, sondern auch für Kommissar und Bürgermeister Angelos Nikakis. Denn in einem Haus findet man eine Leiche. Ein Brandopfer, denken viele. Doch sie wurde erschossen.

Drei weitere Morde und der Wiederaufbau lassen Angelos kaum Zeit Luft zu holen.

Paul Katsitis – Abseits 10

Im Stadion von Mykonos wird die Leiche eines Mannes gefunden. Da der Mann Fan von Olympiakos Piräus war, geraten alle Anhänger des Konkurrenzvereins Panathinaikos Athen in Verdacht. Die Indizien lassen zunächst keine andere These zu und der Hass zwischen beiden Lagern ist tatsächlich so groß, dass auch ein Mord im Bereich des Möglichen liegt.
Doch als Kommissar Angelos Nikakis in die Welt der Spielerscouts eintaucht, stellt er fest, dass es um ganz andere Dinge ging: um Menschenhandel, Pädophilie und natürlich eine Menge Geld!

Paul Katsitis – Sturm über Mykonos 9

Über Mykonos tobt der schwerste Sturm seit Jahren. Eine Fähre kentert. Angelos ist unter den Rettern, wird aber nach dem Einsatz selbst vermisst. Für zusätzliche Aufregung sorgen zwei Ölfässer, die an Land gespült werden. In ihnen liegen die zerstückelten Leichen von zwei griechischen Soldaten.

Paul Katsitis – Die Maske 8

Nach einem Banküberfall erschießt Alex einen der Räuber auf der Flucht. Da er ihn ohne Vorwarnung in den Rücken geschossen hat, steht er bald unter Anklage.

Im Schatten des Prozesses gelingt es einem neuen, besonders brutalen Drogenhändler, genannt „Máská", sein Netzwerk auszubauen. Und er zögert auch nicht, als sich ihm die Gelegenheit bietet, Kommissar a.D. Angelos Nikakis aus dem Weg zu räumen.

Paul Katsitis – Hass 7

Es ist ein besonderer Fall für die beiden Ermittler Alex und Angelos Nikakis. Die Leiche eines jungen Mannes wird in den Dünen gefunden. Am und im Körper des Toten findet sich die DNA von Angelos.
Er wird verhaftet.

Paul Katsitis – Skalpell 6

Am Strand von Ornos wird eine Frauenleiche gefunden. Es ist die Tochter des Bürgermeisters. Der Leiche fehlen Nieren und Leber.
Doch es geht bei der Mordserie nicht nur um Organe, wie die beiden Ermittler Alexandros und Angelos Nikakis bald feststellen. Es existiert ein komplexes Netzwerk, das verschiedene kriminelle Felder abdeckt, und so mancher Inselbewohner ist darin verstrickt.

Paul Katsitis – Inzest 5

Ein Bräutigam, der sich am Tag der Hochzeit vom Balkon stürzt und eine Mädchenleiche in einer Wagenpresse. Zwei Fälle für die beiden Ex-Kommissare Alex und Angelos Nikakis Zwei Fälle, die sich nach und nach aufeinander zu bewegen.

Paul Katsitis – Der-Drei-Sterne-Mord 4

Im besten Restaurant der Insel wird der Chefkoch, ehemals Leibkoch Ghaddafis, mit durchschnittener Kehle aufgefunden. Ein schwieriger Fall für Alex und Angelos, zumal die eigene Familie mit beteiligt ist. Der Fall erfährt eine erstaunliche Wendung, als die beiden Ermittler erfahren, dass der britische Außenminister Mykonos besucht – auf dem Landsitz des griechischen Premierministers.

Paul Katsitis – Tattoo 3

Zwei Highlights stehen auf dem Programm des Wochenendes: ein hochdotiertes Beachvolleyball-Turnier und die Eröffnung der ersten Spielbank auf der Insel.
Nicht ins Programm passen zwei Tote: ein 19-jähriger Junge und einer der Beachvolleyballspieler. An dessen „natürlichem Tod" haben die Ermittler Alex und Angelos so ihre Zweifel.

Paul Katsitis – Rache 2

Im Kloster Ano Mera auf Mykonos wird ein Priester tot aufgefunden, dessen Leiche übel zugerichtet ist. Es sieht nach einem Rachemord aus – doch wofür?

Paul Katsitis – Die Bestie von Mykonos 1

Zwei Kriminalbeamte, Alexandros und Angelos, quittieren den Dienst und eröffnen gemeinsam auf Mykonos eine Bar. Nebenher betreiben sie eine kleine Privat-Detektei. Da die Polizei chronisch unterbesetzt ist, werden Alex und Angelos – wegen ihrer Erfahrung - regelmäßig hinzugezogen.
Mykonos ist in Aufruhr. Offensichtlich foltert, vergewaltigt und tötet ein Mann junge Touristen. Um ihn zu stellen, bleibt nichts anderes übrig, als dass Angelos den Lockvogel spielt – mit furchtbaren Konsequenzen ...

Bisher erschienen auf Englisch:

Mikonos Crime 1: Abducted
Mikonos Crime 2: Confusion
Mikonos Crime 3: The prince
Mikonos Crime 4: Spy
Mikonos Crime 5: Beast
Mikonos Crime 6: Nightkids
Mikonos Crime 7: Yariv

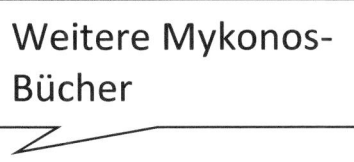

Weitere Mykonos-Bücher

Mykonos LOVE STORY
Von Michael Markaris

„Die Mykonos Love Story 1-11" von Michael Markaris.
Kommissar Pandis hat mit 53 sein Coming-Out und verliebt sich in den 29-jährigen Angelos.

Bisher erschienen:
Mykonos Love Story 1
Mykonos Love Story 2 – Das goldene Ei
Mykonos Love Story 3 – Morgenröte über Mykonos
Mykonos Love Story 4 - Mykonos Speed
Mykonos Love Story 5 – Rape-Vergewaltigung
Mykonos Love Story 6 – Der rosa Leopard
Mykonos Love Story 7 – Rückkehr der Leoparden
Mykonos Love Story 8 – Crash!
Mykonos Love Story 9 – Der tote Pelikan
Mykonos Love Story 10 – Photia-Feuer
Mykonos Love Story 11 – Der tote Archäologe